www.bbulmedia.com

www.bbulmedia.com

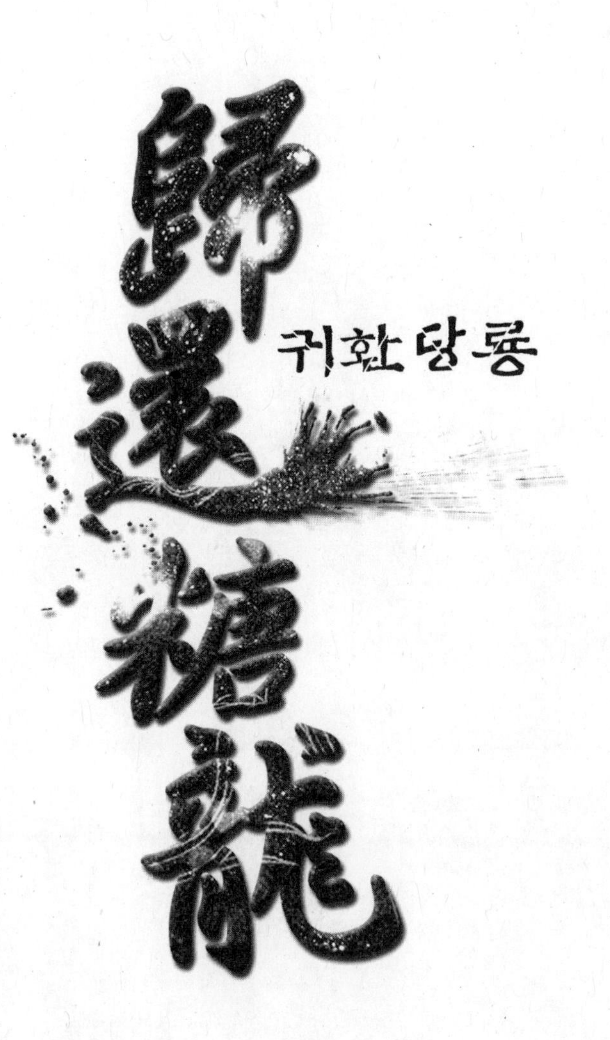
歸還糖龍
귀환당룡

歸還唐龍
3
귀환당룡
서유락 신무협 장편 소설

목 차

1장 우리 형이거든요	7
2장 비밀 병기, 맞네	37
3장 오랜만이에요	63
4장 색협 선대수, 맞죠?	89
5장 이건 미친 짓이야	113
6장 당과 좋아하세요?	141
7장 나쁜 놈	169
8장 백화장을 세상에서 지우겠다는구나	197
9장 백화장에서 일하세요	221
10장 한마디로 문지기지	247
11장 엿 먹이세요	271

1장
우리 형이거든요

모용수린의 입가로 희미한 웃음이 떠올랐다가 사라졌다.

침상에 드러누워 있다가 억지로 몸을 일으키는 추상화의 낯빛은 핏기를 찾아보기 힘들 정도로 창백했다.

"명색이 용봉단의 부단주인데 이런 못난 모습만 보여서 면목이 없습니다."

처연한 표정을 지은 채 입을 열고 있는 추상화가 답답한 한숨을 내쉬었다.

연민의 감정을 불러일으키기 위한 수작이었지만, 모용수린은 눈에 훤히 보이는 추상화의 수작에 넘어가지 않았다.

그래서 코웃음을 치며 속으로 말했다.

아주 쌤통이라고.

하지만 면전에서 그리 말을 꺼낼 수는 없는 노릇.

모용수린이 혼잣말처럼 작은 목소리로 말했다.

"꼴이 좀 그렇긴 하네요."

"네?"

"아, 못 들었으면 신경 쓰지 말아요. 그리 중요한 얘기는 아니었으니까. 그보다 어쩌다 이렇게 됐어요?"

"저도 잘 모르겠습니다. 그래도 모용 소저가 이리 찾아와 주시니 다친 것이 꼭 나쁜 것만은 아닌 것 같습니다."

빤한 수작에 이어 추상화는 그럴듯한 말을 뱉어 냈다.

왠지 음흉하게 느껴지는 추상화의 끈적한 시선이 기분 나빴다.

그래서 추상화가 끼어들 일말의 여지도 남기고 싶지 않았다.

"추 소협을 보기 위해 찾아온 것이 아닙니다."

"그럼?"

"용봉단원들이 모두 여기 모여 있다고 해서 찾아왔을 뿐입니다."

모용수린이 일부러 딱 잘라 말하자, 슬쩍 미간을 찌푸리며 입맛을 다신 추상화가 다시 입을 뗐다.

"방심한 바람에 당했습니다."

추상화가 이번에는 시덥잖은 변명을 늘어놓기 시작했다.

그렇지만 모용수린은 그 변명을 귀담아듣지 않았다.

지금 모용수린의 머릿속을 가득 채우고 있는 것은 위기

의 순간에 마교 청해지단에 불쑥 나타나서 자신을 구했던 흑의인뿐이었다.

고작 추상화 따위가 비집고 들어올 여지가 없었다.

'대체 누구였을까?'

마교 청해지단에 단신으로 찾아와서 자신을 구해 내고는 홀연히 사라져 버린 흑의인!

그 흑의인의 정체가 궁금했다.

'누군지 물어봤어야 했어!'

모용수린은 진심으로 후회했다.

그러나 뒤늦은 후회였다.

이름조차도 물어보지 못한 상황에서 흑의인은 홀연히 사라져 버렸다.

다시 그 흑의인을 찾아낼 방법이 요원한 상황.

이제 모용수린에게 남아 있는 방법은 당시의 기억을 더듬어서 흑의인의 정체를 알아내는 것뿐이었다.

"방심만 하지 않았다면 이렇게 당하지 않았을 텐데……."

"정말 방심했기 때문에 당했을까요?"

"그건 무슨 말씀이십니까?"

"말 그대로예요."

"지금 모용 소저의 말씀은 방심을 한 것이 아니라 제 실력이 모자라서 당했다는……."

"됐고."

억울한 표정을 지은 채 줄줄이 꺼내 놓는 추상화의 말을 도중에 싹둑 자른 모용수린이 질문을 던져 냈다.

"누구였어요?"

"잘…… 모르겠습니다."

"누구에게 당했는지도 모른다?"

"그게…… 아까도 말씀드렸지만 방심한 상황에서 워낙 순식간에 벌어진 일이라……."

방심한 것이 아니라 그게 그쪽의 실력이라고 콕 집어서 말하고 싶은 것을 꾹 눌러 참고 있을 때, 눈치 빠른 추상화가 재빨리 화제를 돌렸다.

"그런데 모용 소저는 당시에 대체 어디 계셨습니까?"

"난 납치당했었어요."

"납치요? 그게 사실입니까?"

"그래요."

"그럼 역시……."

"역시 뭐죠?"

"서진풍. 그놈이 벌인 짓이로군요."

"……?"

"모용 소저께서 서진풍, 그 한심한 놈을 만나기 위해서 떠난 후에 갑자기 사라지지 않았습니까? 그래서 그놈의 짓이란 것을 직감하고 모용 소저를 구하기 위해서 백화장으로 찾아갔었습니다."

전혀 예상치 못했던 이야기였다.

그래서 모용수린이 깜짝 놀라며 다시 물었다.
"백화장에 찾아갔다고요?"
"그렇습니다."
"그럼 혹시 추 소협과 여 소협은 백화장에서 당했던 건가요?"
"맞습니다."
당시의 기억이 떠올라서일까.
분한 기색을 감추지 못 하고 콧김을 내뿜고 있는 추상화를 바라보던 모용수린이 짤막한 한숨을 토해 냈다.
백화장은 서진풍의 집.
이상하리만치 모든 것이 서진풍과 연관이 되고 있었다.
"어떤 자였죠?"
"아까도 말했듯이 방심하고 있다가 워낙 순식간에 당한 터라 정체를 제대로 파악하지 못 했는데……."
"누군지를 묻는 게 아니에요."
"그럼?"
"얼굴은 봤어요? 생김새가 어땠죠?"
"꼭 기생오라비 같이 생긴 놈이었습니다."
잠시 기억을 더듬던 추상화는 기생오라비 같이 생겼다고 딱 잘라 말했다.
하지만 그 말을 곧이곧대로 믿을 모용수린이 아니었다.
추상화는 욕심도 많고 시기심도 강했다.
그런 그가 기생오라비라고 표현한 것은 그자가 꽤 대단

한 미남이라는 뜻이라고 해석할 수 있었다.

"옷은요? 무슨 색이었죠?"

"검은색이었습니다."

"그러니까 흑의무복이었단 뜻이로군요."

모용수린이 두 눈을 가늘게 떴다.

추상화에게 이렇게 꼬치꼬치 캐묻는 데는 다 이유가 있었다.

추상화와 여건욱!

비록 모용수린은 두 사람을 대단하게 여기지 않았지만, 그들은 엄연히 무림맹 휘하 용봉단에 속해 있는 일류 고수들이었다.

그런 두 사람이 상대의 정체를 파악할 틈도 없이 당했다는 것이 의미하는 것은 하나.

추상화와 여건욱을 가볍게 제압한 자가 대단한 고수라는 뜻이다.

그래서 모용수린은 마교 청해지단에 단신으로 뛰어들어서 자신을 구해 주고 사라졌던 사내와 추상화와 여건욱을 백화장에서 제압한 자가 어쩌면 동일인이 아닐까 의심을 품었다.

'날 구해 줬던 사내도 흑의무복을 입고 있었어. 그리고…… 꽤 미남이었지!'

당시에는 워낙 경황이 없었다.

그래서 얼핏 살핀 게 전부였지만, 사내는 대단한 미남이었다.

괜히 얼굴을 붉혔던 모용수린이 추상화가 던지는 의심스러운 시선을 느끼고 재빨리 상념을 떨쳐 냈다.

'역시 동일인일까?'

가능성은 충분했다.

하지만 동일인이라고 확신하기에는 증거가 너무 부족했다.

평소에 흑의무복을 즐겨 입는 잘생긴 무인은 중원 전역에 지천으로 널려 있었으니까.

하지만 무심코 넘기기에는 아쉬웠다.

그래서 지푸라기라도 잡는 심정으로 모용수린이 다시 질문을 던졌다.

"뭔가 특이한 점은 없었나요?"

"대답하기 전에 하나만 물어도 되겠습니까?"

"뭐죠?"

"왜 그자에게 그리 관심을 가지는 겁니까?"

"어쩌면 내가 찾는 사람과 연관이 있을지도 모르겠다는 생각이 들어서요."

"모용 소저께서 찾는 사람요? 그게 누굽니까?"

"내가 그걸 추 소협께 알려 드릴 이유가 있나요?"

"그건 아니지만……."

"그리 궁금해하니 하나만 알려 드리죠. 내가 마음에 두고 있는 사람이에요."

"마, 마음에 두고 있는…… 노, 놈이라고요?"
충격이 큰 탓일까?
추상화는 말까지 더듬거렸다.
"언제 봤다고 놈이에요?"
"그것이……."
"됐고, 어서 대답이나 해요."
모용수린이 재촉하자, 추상화가 마뜩잖은 표정으로 되물었다.
"그런데 특이한 점이라면 어떤 걸 말씀하시는 겁니까?"
"목소리라든가 체취, 아니면 생김새가 특이했다든가. 어떤 것이라도 좋아요. 그러니 생각나는 게 있으면 뭐든지 말해 봐요."
다시 고민에 잠겨 있던 추상화는 한참만에야 대답을 꺼냈다.
"그러고 보니 의복이 특이했습니다."
"아까 흑의무복이라고 하지 않았었나요?"
"흑의무복이 특이한 것이 아니라 흑의무복의 품새가 특이했습니다."
"품새라면?"
"삐쩍 말랐다는 느낌이 들 정도로 호리호리했는데, 그자가 입고 있는 흑의무복은 이상하게 보이리만치 컸습니다."
펄럭펄럭.
추상화가 어렵게 꺼낸 이야기를 듣던 모용수린의 귓가로

흑의무복이 펄럭이던 소리가 되살아났다.
당시에는 워낙 정신이 없었다.
그래서 흑의인이 펼치는 신법이 워낙 빨라서 요란한 바람 소리가 흘러나온 것이라 판단했다.
하지만 그게 아니었다.
사내가 입고 있던 흑의무복이 워낙 커서 바람에 펄럭이는 소리가 더욱 크게 들렸던 것이었다.
'동일인이야!'
모용수린은 확신했다.
비로소 흑의인의 정체를 알아낼 단서를 간신히 잡았지만, 아쉽게도 그 단서는 너무 흐릿했다.
'그런데 왜 그자가 백화장에 모습을 드러냈던 거지? 그러고 보니 나도 백화장에 데려다 주고 떠났어. 그자와 백화장은 무슨 관계인 거지?'
하나의 의문이 간신히 풀렸지만, 오히려 의문은 꼬리에 꼬리를 물고 일어났다.
그래서 모용수린이 두 눈을 빛내며 생각에 잠겨 있을 때, 추상화가 못마땅한 표정으로 질문을 던졌다.
"정말 서진풍이 벌인 짓이 아니었습니까?"
"아니었어요."
"그럼 대체 누가 한 짓입니까?"
"천살귀!"
모용수린이 순순히 대답해 주자, 추상화는 당황한 기색

을 감추지 못 하고 표정으로 드러냈다.

"정말 천살귀였습니까?"

"난 추 소협과 달라요."

"그게 무슨 말씀이신지?"

"누구에게 당했는지도 모를 정도로 한심하지는 않다는 거죠."

불의의 일격을 얻어맞은 추상화가 표정을 일그러트렸다.

그런 그를 빤히 보며 모용수린이 덧붙였다.

"누군가 날 구해 주러 찾아오길 기다렸어요. 어쩌면 추 소협이 날 구하러 오지 않을까 하는 기대도 했었죠."

"만약 알았다면 당연히 구하러 찾아갔을 겁니다."

"그래요? 하지만 그때 추 소협은 여기 누워 있었죠."

"그건……."

"혹시 그런 말 들어 봤어요? 인생에는 때가 중요하다는 말. 사정이 어쨌든 간에 추 소협은 제가 필요할 때 저를 구하러 오지 않았어요."

"아까도 말했지만 사정이 있었습니다."

"누구나 사정은 있다고 변명하는 법이죠."

"……."

"그리고 양심을 속이지 말고 솔직히 대답해 봐요."

"무엇을…… 말하시는 것입니까?"

"만약에 날 납치한 것이 천살귀라는 사실을 알았다고 해도, 정말 날 구하기 위해서 찾아왔을 거예요?"

모용수린의 질문이 정곡을 찌른 탓일까?

추상화는 선뜻 대답하지 못 하고 머뭇거렸다.

굳이 대답을 들을 필요는 없을 거 같았다.

이 머뭇거림을 통해서 추상화의 대답을 들은 것이나 마찬가지였으니까.

추상화가 잔머리를 굴리며 만들어 낼 어설픈 변명 따위는 들어 줄 생각이 없었기에 모용수린이 미련 없이 일어섰다.

"또 어디를 가시는 겁니까?"

"할 일이 남아 있어요."

"하지만 모용 소저의 말씀대로라면 마교가 본격적으로 나선 상황입니다. 벽검장에 머무시는 것이 안전할 겁니다."

추상화가 재빨리 말했지만, 모용수린은 코웃음을 쳤다.

"정말인가요?"

"네?"

"벽검장이 마교를 막아 낼 수 있나요?"

"그건……."

슬그머니 말끝을 흐리는 추상화의 얼굴이 벌겋게 달아올랐다.

너무 몰아붙였다는 생각에 조금 미안한 마음이 든 모용수린이 입을 열었다.

"꼭 만나야 할 사람이 있어요."

"……그게 누굽니까?"

"나도 몰라요."

추상화가 의아한 시선을 던지는 것을 확인한 모용수린이 답답한 한숨을 토해 내며 한마디를 덧붙였다.

"그래서 나도 답답해 미칠 지경이에요."

☯

채앵!

현무빈이 앞으로 내민 장검과 천살귀가 휘두른 단검이 부딪혔다.

덕분에 속절없이 죽을 뻔한 위기에서 간신히 벗어난 형이 두 눈을 가늘게 뜨고 상황을 살피는 것이 보였다.

형도 아주 바보는 아니었다.

괜히 이 싸움에 끼어들었다가는 고래 싸움에 등이 터진 새우처럼 죽을지도 모른다는 것을 직감한 형이 이리저리 눈치를 살피기 시작했다.

그런 형이 살기 위해서 본능적으로 움직였다.

엉금엉금.

형이 말을 향해 기어가기 시작한 것이다.

간신히 말 앞에 도착하는 데까지 성공한 형이 안도의 한숨을 내쉬며 말 위에 올라탄 순간이었다.

챙!

현무빈이 휘두른 장검과 천살귀의 단검이 다시 부딪혔다.

슈아악!

천살귀가 작정하고 휘두른 단검에 실린 힘을 감당하지 못한 현무빈의 장검이 뒤로 쭉 밀렸고, 그 장검이 향한 방향이 하필이면 형이 올라탄 말이 서 있던 자리였다.

히이힝!

화들짝 놀란 말이 앞발을 치켜 올린 탓에 간신히 말 위에 타는 데 성공했던 형은 다시 바닥으로 굴러 떨어졌다.

쿵!

요란한 소리와 함께 형은 바닥에 쓰러졌다.

이번에는 정말 기절한 듯 미동도 없는 형을 진풍이 바라보고 있을 때, 선만섭이 혀를 끌끌 차는 소리가 들렸다.

"기가 막히군."

"뭐가요?"

"저 한심한 놈도 표두라는 사실이 기가 막히지 않은가?"

선만섭의 말을 가만히 듣고 있다 보니 슬쩍 빈정이 상했다.

선만섭의 표현대로라면 한심하기 그지없는 저 표두가 잘났든 못났든 하나뿐인 형이었기 때문이었다.

그래서 진풍이 매섭게 째려보자 선만섭이 움찔했다.

"아우님, 왜 그리 보는가?"

"자꾸 한심하다고 하지 말아요."

"하지만 아우님도 보지 않았는가? 명색이 표두라는 자가 검을 꺼내서 싸울 엄두도 내지 못하고 도망치기 급급……."

"형이에요."

"……형이라고? 누가? 설마 저 한심한 놈이 형이란 말인가?"

"맞아요. 우리 형이에요."

진풍이 솔직히 대답하자, 선만섭이 그제야 사태를 파악하고 입을 다물었다.

그리고 진풍과 형을 몇 번씩이나 번갈아 바라보다가 도저히 믿기지 않는다는 표정을 지었다.

"그러니까 저 한심한 표두가 아우님의 친형이란 말인가?"

"그렇다니까요. 왜요?"

"그게 너무 안 닮아서……."

말끝을 슬그머니 흐리고 있는 선만섭을 노려보던 진풍이 입을 뗐다.

"내가 살만 빼면 닮았어요."

"별로 그럴 것 같지 않은데……. 그리고 아우님이 살을 뺀다고? 그건 아무래도 불가능하지 않을까 싶네……."

"두고 봐요, 곧 살을 뺄 테니까. 그보다 지금 뭐하세요?"

"보다시피 구경하고 있네만?"

이미 빈정이 상한 후였다.

선만섭이 의아한 표정으로 건넨 말을 들은 진풍이 매섭게 쏘아붙였다.

"자칭 맹호표국의 비밀 병기인데 좀 나서야 하지 않겠어요?"

"아우님도 보다시피 맹호표국의 비밀 병기 중 하나인 현무빈 쟁자수가 이미 먼저 나서지 않았나?"

"천살귀를 혼자 감당할 수 있을 것 같아요?"

"저자가 아우님 말대로 진짜 천살귀라면…… 역부족이겠지. 하지만 잘난 표두와 표사들이 있지 않은가?"

"정말 그렇게 생각하세요?"

진풍이 지그시 바라보며 묻자, 선만섭이 머리를 긁적이며 대답했다.

"저 한심한 놈을 보니 내 생각이 잘못된 것 같긴 하군."

"……우리 형이라니까요."

"아, 미안하네."

순순히 사과를 하는 선만섭을 노려보던 진풍이 다시 물었다.

"맹호표국이 망해도 돼요?"

"그야…… 안 돼지."

"그럼 나설 거죠?"

"쩝, 어쩔 수 없구만."

맹호표국의 국주이자 이번 표행을 이끌고 있는 총표두인

방천호의 가장 큰 장점은 고수를 알아보는 눈이 밝다는 것이었다.

자신은 물론이고, 선만섭과 현무빈의 무공 실력이 대단하다는 것을 단번에 알아보고 맹호표국으로 끌어들인 게 그 증거였다.

하지만 방천호가 가진 무공 실력은 고수를 알아보는 눈을 따라가지 못했다.

일류 고수에 불과했으니까.

그리고 일류고수인 방천호와 일류에도 미치지 못하는 표사들이 천살귀가 끌고 온 수십 명의 마교도들을 감당하기에는 역부족이었다.

방천호와 표사들보다는 현무빈과 선만섭에게 기대를 거는 것이 옳았다.

"처음이로군!"

"뭐가요?"

"아우님의 눈이 이렇게 초롱초롱하게 빛나는 건 처음 본다는 뜻일세."

"궁금했거든요."

"뭐가 궁금했는가?"

"맹호표국 비밀 병기들의 실력이요."

진풍이 솔직히 대답했다.

선만섭과 현무빈은 맹호표국의 쟁자수보다는 표두 자리가 훨씬 어울리는 대단한 고수들이었다.

그래서 조금 궁금했다.

저런 대단한 고수들이 왜 쟁자수 신분으로 맹호표국에 몸담고 있는가가.

그리고 선만섭과 현무빈의 진짜 실력이 어느 정도인지도 궁금했는데 이번이 그 궁금증을 해소할 수 있는 좋은 기회였다.

"오늘 아우님을 위해서 밑천을 드러내야겠구만."

"날 위해서가 아니라 맹호표국을 위해서겠죠."

"어쨌든, 그럼 놀라지 말고 잘 보시게."

선만섭이 의미심장하게 웃으며 충고했다.

그렇지만 진풍은 그 충고를 한 귀로 흘리며 가볍게 대꾸했다.

"걱정하지 마세요."

"응?"

"어지간한 일에는 놀라지 않으니까요."

◉

쏴아악!

먹구름이 보름달을 삼켰다.

한 치 앞도 알아보기 힘들 정도로 굵은 장대비가 쏟아졌다.

두 눈에 잔뜩 힘을 줘 봤지만 빗물이 눈 속으로 파고들어서 아무 소용도 없었다.

그래서 아예 눈을 감아 버렸다.

비에 젖은 축축한 무복이 한없이 무겁게 느껴졌다.

그대로 주저앉아서 쉬라는 달콤한 유혹이 찾아왔다.

그렇지만 가만히 서 있을 수는 없었다.

"누이!"

어릴 적 돌아가신 부모님을 대신해서 자신을 지금까지 키워 준 것이 바로 하나뿐인 누이였다.

그런 누이가 위험에 처했는데 손을 놓고 있을 수는 없었다.

파바밧!

두 눈을 감아도 현씨세가의 내부는 손바닥 보듯 훤히 꿰뚫고 있었다.

크!

끄아악!

청각에 의존한 채 누구의 것인지 알 수 없는 비명 소리가 들려오는 곳으로 신법을 펼치던 현무빈이 도중에 신형을 멈추었다.

콰아앙!

툭.

요란한 폭음과 함께 무언가 바닥으로 떨어지는 소리가 들렸다.

천천히 감고 있던 눈을 뜨자, 현씨세가를 상징하는 현판이 반으로 쪼개진 채 바닥을 뒹굴고 있는 것이 보였다.

마치 현씨세가의 마지막을 알리는 듯, 처참하게 부서진 현판을 가만히 내려다보던 현무빈이 검을 들었다.

누이를 구하는 것이 급하긴 했지만, 감히 현씨세가의 현판을 이리 만든 자를 내버려 두고 지나칠 수는 없었다.

"대체 누구냐?"

"정체를 밝힐 순 없네."

답답한 마음에 현무빈이 질문을 던졌지만, 복면을 쓴 자에게서는 예상했던 대답이 돌아왔다.

"하긴 정체를 밝힐 생각이었다면 복면을 쓰지 않았겠지."

"미안하네."

야밤에 예고도 없이 현씨세가를 노리고 침입한 자들의 우두머리인 흑의복면인의 말투는 의외로 정중했다.

그래서 이들이 현씨세가를 침입한 이유가 더 궁금해졌다.

"정체를 밝힐 수 없다면 이러는 이유라도 알려 줘."

"어차피 죽을 텐데 꼭 알아야겠는가?"

"그래야 원한이라도 남지 않을 것 같으니까."

"후우……."

흑의복면인이 긴 한숨을 토해 냈다.

그리고 잠시 갈등하던 흑의복면인은 마침내 결심한 듯 입을 뗐다.

"알려 주지. ……현가은 때문이네."

현가은!

하나뿐인 누이의 이름이었다.

그리고 흑의복면인의 입에서 흘러나온 누이의 이름을 듣는 순간, 현무빈은 의아함이 깃들었다.

법 없이도 살 수 있을 정도로 착한 누이가 대체 무슨 죄를 저질렀기에 이런 끔찍한 일이 벌인단 말인가!

그런 현무빈의 마음을 알았을까.

흑의복면인이 마치 설명하듯 덧붙였다.

"사랑해서는 안 될 사람을 사랑했던 것이 죄라네."

뚝뚝.

아래로 늘어트리고 있는 검신을 타고 붉은 피가 방울방울 떨어졌다.

가슴에서 복부까지 이어진 긴 검상으로 인해 움직이는 것조차 어려웠지만, 현무빈은 이를 악 물고 버텼다.

그리고 멈춰 서서 상처를 돌보는 대신 걸음을 옮겼다.

'누이를…… 누이를 구해야 해!'

현무빈의 머릿속을 가득 채우고 있는 것은 오직 누이뿐이었다.

설령 자신이 죽는 한이 있더라도 누이만은 구해야 했다.

푹.

서걱.

누이가 머물고 있는 침소로 향하는 와중에도 쉬지 않고 검을 휘둘렀다.

내장이 삐져나올 정도로 깊은 상처가 더욱 벌어졌지만, 현무빈은 검을 휘두르는 것을 멈추지 않았다.

대체 몇이나 베었을까?

숨이 턱 끝까지 차올랐다.

그러나 적은 쉴 새 없이 밀려들었다.

잠시도 멈추지 않고 누이의 처소를 향해 움직였던 현무빈이 누이의 방문 앞에 도착해서야 걸음을 멈추었다.

출중한 기도가 전해지는 아까의 흑의복면인이 앞을 막고 서 있었다.

심각한 부상을 입은데다가 이미 지칠 대로 지친 상황!

평소였다면 이 대결을 피했으리라.

그러나 지금은 선택의 여지가 없었다.

누이를 만나기 위해서는 무슨 수를 써서라도 이 흑의복면인을 넘고 지나가야 했다.

"무량수불!"

흑의복면인의 입에서 어울리지 않는 도호가 흘러나오는 순간, 현무빈이 아래로 늘어트리고 있던 검을 들어 올렸다.

황룡신공!

현씨세가의 독문무공인 황룡신공이 현무빈의 손에서 펼쳐졌다.

승천할 준비하듯 꿈틀거리는 황룡의 움직임을 닮은 검의

공세가 흑의복면인을 핍박하기 시작했다.

그러나 역부족이었다.

오 성에 불과한 현무빈의 성취로는 흑의복면인의 옷자락조차 베어 내지 못 했으니까.

흑의복면인의 검은 고요했다.

그러나 절대 멈추지 않았다.

면면부절!

작은 원을 그린 것이 시작이었다.

그리고 그 작은 원은 점점 커지더니 모든 것을 집어삼키기 시작했다.

흑의복면인의 검이 만들어 낸 원에 갇혀 버린 황룡은 전혀 맥을 추지 못했다.

두텁고 단단한 원이 만들어 낸 벽에 갇힌 채 시름시름 앓던 황룡의 숨이 서서히 끊어져 가는 순간, 현무빈의 손에 들린 검이 변했다.

점점 움직임이 줄어들던 황룡이 마지막 발악을 하듯 잔뜩 입을 벌린 채 원을 물어뜯기 시작했다.

챙, 채앵!

완벽한 원이 서서히 일그러졌다.

흑의복면인의 두 눈에 당혹스런 빛이 떠올랐다.

마지막 기회가 찾아왔음을 깨달은 현무빈이 검을 앞으로 내밀었다.

그 순간, 현무빈의 눈빛이 강렬해졌다.

'이건!'

기이한 느낌!

지금까지는 비급에서 본 황룡의 움직임을 따라 하기 급급했다.

그게 황룡신공 오 성의 성취를 이룬 현무빈이 할 수 있는 한계였다.

그런데 지금은 달랐다.

검이 스스로 움직이기 시작했다.

현무빈이 제어하기 불가능할 정도로 폭주한 황룡은 앞을 가로막고 있는 것이 무엇이든 간에 물어뜯고 찢어발겼다.

쩌엉!

마침내 두텁고 단단하던 원의 벽이 허물어졌다.

기회를 놓치지 않고 더욱 폭주한 황룡이 당혹스런 기색으로 주춤거리며 뒤로 물러나고 있는 흑의복면인의 목덜미를 물어뜯었다.

"무량…… 수불!"

유언 대신 도호를 읊조린 흑의복면인이 쓰러지고 나서야 황룡은 만족한 듯 포효한 후 움직임을 멈추었다.

'……황룡을 깨웠다!'

천천히 검을 수습한 현무빈이 쓰게 웃었다.

높고도 단단하던 오 성의 벽이었다.

그래서 오랫동안 그 벽을 허물지 못하고 있었는데, 전혀 예상치 못한 순간에 깨달음이 찾아왔다.

'칠 성!'

그 깨달음 덕분에 육 성의 벽을 뛰어넘어 바로 칠 성의 성취를 이루게 됐다는 것을 알아챈 현무빈이 고개를 절레절레 흔들었다.

그렇게 간절히 원할 때는 찾아오지 않던 깨달음이 하필 지금 찾아올 줄이야.

'재미있군.'

여운이 남았다.

조금 더 깨달음의 끝을 잡고 고민하고 싶다는 욕심이 들었다.

그러나 현무빈에게는 그럴 시간이 없었다.

저벅저벅.

욕심을 버린 현무빈이 문 앞으로 다가갔다.

그리고 문고리를 손에 쥔 채로 한참을 망설이던 현무빈이 이를 악 물고 잡아당겼다.

덜컹.

문을 열고 재빨리 방 안을 살피던 현무빈이 손에 들고 있던 검을 떨어트렸다.

방의 가운데에 누이가 죽은 것처럼 쓰러져 있었다.

피를 흘리며 쓰러져 있는 누이를 멍하니 한참이나 바라보던 현무빈이 힘겹게 한 걸음씩 떼기 시작했다.

"……누…… 이."

"……."

"누이……. 누이!"

작게 누이를 부르던 현무빈이 짐승처럼 괴성을 내질렀다.

한 점의 핏기도 찾아볼 수 없는 창백한 누이의 안색이 현무빈의 머릿속을 텅 비게 만들었다.

뭐부터 해야 할지 갈피를 잡기 힘들었다.

그래서 잠시 넋을 놓고 있던 현무빈이 피가 흐르고 있는 누이의 복부를 손으로 힘껏 눌렀다.

하지만 아무리 강하게 압박해도 피가 멈추지 않았다.

"누이!"

눈물이 새어 나와 눈앞이 뿌옇게 흐려졌다.

오열하며 누이만 목청껏 부르고 있을 때였다.

"무빈…… 아!"

거짓말처럼 누이의 목소리가 들렸다.

꽉 감겨 있던 누이의 눈이 떠져 있는 것을 확인한 현무빈이 누이에게 소리쳤다.

"누이, 조금만 힘을 내시오! 내가 무슨 일이 있어도 누이를 살릴 테니!"

누이의 입가로 희미한 미소가 머금어졌다.

하지만 그도 잠시, 그 미소는 흔적도 없이 사라졌다.

고통 때문일까?

미간을 일그러트리고 있던 누이가 힘겹게 입을 열었다.

"많이…… 다쳤네……."

"난 괜찮소……. 이깟 것은 아무것도 아니니까 누이는 신경 쓰지 마시오. 큭!"

누이의 말을 듣는 순간 화가 났다.

목숨이 경각에 처한 위급한 상황임에도 불구하고 누이는 자신이 입은 부상을 걱정하고 있었다.

생각해 보니 누이는 언제나 마찬가지였다.

자신의 몸보다…… 현무빈을 더욱 챙겼었다.

"어떤…… 놈이오……."

"……."

"사랑해서 안 될 놈이 대체 누구요……."

현무빈이 재차 물었지만 누이는 끝내 대답하지 않았다.

그리고 가쁜 숨을 몰아쉬던 누이가 힘겹게 입을 뗐다.

"죽……."

쏴아악!

빗소리는 거셌고, 누이의 목소리는 작았다.

마지막이 다가왔음을 직감한 현무빈이 재빨리 고개를 숙여서 누이의 입 앞으로 귀를 가져갔다.

"죽지…… 마."

"누, 누이."

"맹…"

"맹…… 뭐요, 누이!"

"맹호…… 표국."

"맹호표국, 내가 제대로 들은 게 맞소?"

현무빈이 확인하기 위해 다시 묻자, 누이의 입가로 희미한 미소가 떠올랐다.

덕분에 자신이 제대로 들었다는 것을 알아챈 현무빈이 서둘러 다시 물었다.

"맹호표국에 가서 내가 뭘 알아내면 되는 거요?"

"……."

"누이……?"

"……."

"누이, 죽지 마시오."

"……"

"누이! 누이!!"

누이는 대답하지 못했다.

그리고 힘겹게 뜨고 있던 눈이 감긴 순간, 현무빈이 오열했다.

끄으윽.

누이의 죽음이 슬퍼서일까.

쏴아악!

빗줄기가 더욱 거세졌다.

2장
비밀 병기, 맞네

쏴아악!

귓가를 헤집어 놓고 있던 장대비 소리가 흔적도 없이 사라졌다.

그날과 마찬가지로 검을 들어 올리고 있던 현무빈이 천천히 고개를 들어 대치하고 있는 상대를 살폈다.

천살귀!

마교 서열 오십 위 내에 드는 초절정 고수인 천살귀는 분명히 버거운 상대였다.

하지만 두렵지는 않았다.

깨달음 덕분에 황룡신공이 칠 성에 이르렀다.

그래서 그날도 버거운 상대와 맞서 싸워서 결국 살아남

지 않았던가.

그리고 이 대결을 피할 수 없었다.

"맹호…… 표국."

누이가 유언처럼 남겼던 마지막 말.

현무빈이 들었던 말은 그게 다였다.

현씨세가의 멸문과 관련된 진실을 알 수 있는 유일한 단서가 바로 맹호표국에 남아 있다고 판단했기에 현무빈은 지체하지 않고 이곳을 찾아왔다.

그리고 최소한 그 단서를 확보하기 전까지는 맹호표국이 사라져서는 안 됐다.

"네놈은 누구냐?"

일수를 교환한 후, 천살귀의 두 눈에는 놀람의 빛이 담겨 있었다.

그런 천살귀의 질문을 받은 현무빈의 눈동자가 흔들렸다.

당시에 맞닥트렸던 복면인이 정체를 감추지만 않았다면, 이곳까지 찾아왔을 이유가 없었을 터였다.

그리고 긴 시간 자책 속에서 살아올 필요도 없었을 것이다.

그래서 현무빈은 복면 뒤에 숨어서 정체를 밝히지 않는 비열한 짓을 하는 것을 가장 경멸했다.

"맹호표국의 쟁자수!"

현무빈이 솔직히 정체를 알려 주자, 놀람으로 물들어 있던 천살귀의 두 눈이 분노라는 감정으로 바뀌었다.

"쟁자수라고?"

"그렇소."

"고작 표국의 쟁자수 따위가 내 검을 막았다고? 말 같지도 않은 소리를 내게 믿으란 말이냐?"

"믿지 못한다면 어쩔 수 없소."

"……."

"하지만 난 사실을 말했소."

진실을 밝혔음에도 천살귀는 믿지 않았다.

그리고 그것까지는 현무빈도 어찌할 수 없는 노릇이었다.

그사이에도 시간은 계속 흘렀다.

챙, 채앵!

병장기가 부딪히는 소리가 들려오기 시작했다.

천살귀가 이끌고 온 마교의 인물들과 맹호표국의 표사들 사이의 대결이 펼쳐지기 시작한 것이었다.

'방천호!'

현무빈이 맹호표국의 국주인 방천호를 슬쩍 살폈다.

마교도 셋에게 둘러싸인 채 검을 이리저리 휘두르고 있는 방천호의 얼굴에는 초조한 기색이 역력했다.

'본신 실력을 감춘 게 아냐!'

고전하고 있는 방천호는 실력의 서 푼을 감추고 있는 것이 아니었다.

일류에 근접한 마교도 셋도 감당하지 못하고 버거워하는 게 바로 방천호의 진짜 실력이었다.

"건방진 놈!"

그 사실을 잘 알고 있기에 마음이 급해진 현무빈의 시선이 방천호를 향해 고정되어 있을 때, 천살귀가 노성을 터트렸다.

"감히 네놈이 나와 대결하던 도중에 한눈을 팔아?"

분노한 천살귀의 두 눈에서 강렬한 살기가 뿜어져 나왔다.

"절대 곱게 죽이지 않으마!"

각오를 다지듯 시퍼런 단검 두 자루를 겨누고 있는 천살귀를 확인한 현무빈이 경시하지 못하고 검을 고쳐 쥘 때였다.

"현 아우, 조금만 버티게. 곧 도와줄 테니."

'선만섭?'

언제 움직였을까.

기척도 없이 위험에 처해 있는 방천호를 향해 다가가던 선만섭이 툭 건넨 말을 들은 현무빈이 두 눈을 가늘게 뜬 채 그의 등을 바라보았다.

'고수!'

선만섭은 분명히 고수였다.

정확한 실력까지는 가늠하기 어려웠지만, 맹호표국에서 한낱 쟁자수로 일하기에는 아까운 자였다.

'선만섭은 대체 왜 쟁자수로 일하고 있을까?'

누이의 말 때문에 일단 맹호표국으로 무작정 찾아오기는 했지만, 어디서 단서를 찾아야 할지 알 수 없는 상황.

현무빈으로서는 맹호표국의 모든 것에 관심을 기울일 수 밖에 없었다.

당연히 실력을 감춘 채 맹호표국의 표두가 아닌 쟁자수로 일하고 있는 선만섭도 주시할 가치가 있는 자였다.

그래서 그의 등을 응시하던 현무빈이 두 눈을 빛냈다.

'섭선?'

선만섭이 꺼내 든 독문병기는 특이하게도 섭선이었다.

챙!

마교도 하나가 휘두른 도를 섭선을 들어 가볍게 밀쳐 낸 선만섭이 더위를 쫓기 위해 바람을 일으키듯 섭선을 가볍게 흔들었다.

그 순간이었다.

털썩.

마교도가 갑자기 쓰러졌다.

'대체 무슨 수를 쓴 거지?'

너무 쉽게 일류에 근접한 고수인 마교도를 쓰러트리는 선만섭을 확인한 현무빈이 의문을 품었다.

하지만 그 의문을 풀 시간은 주어지지 않았다.

"건방진 놈!"

슈욱!

슈악!

천살귀가 휘두른 두 자루 단검을 확인한 현무빈이 재빨리 검을 휘둘러 방어하며 뒷걸음질을 쳤다.

그리고 천살귀를 상대하기 위해서 현무빈이 대결에 집중하기 시작했다

◉

"내 눈이 틀리지 않았네!"

천살귀와 현무빈이 펼치고 있는 치열하기 그지없는 대결을 바라보던 진풍이 희미하게 고개를 끄덕였다.

현무빈을 처음 본 순간, 진풍은 자신이 하산한 후에 만난 자들 중 가장 뛰어난 고수라는 것을 직감했다.

그리고 현무빈은 천살귀에게 크게 밀리지 않고 대등하게 맞서 싸우는 모습을 통해서 진풍의 직감이 틀리지 않았음을 증명해 보이고 있었다.

"백 초식? 아니, 구십 초식이면 충분할 것 같은데……."

두 사람이 펼치고 있는 치열한 대결을 물끄러미 지켜보고 있던 진풍이 구십 초식이면 현무빈이 충분히 천살귀를 제압할 수 있다는 판단을 내렸다.

그러나 잠시 뒤 고개를 갸웃했다.

조금 전까지 팽팽하던 대결의 양상은 시간이 흐르면 흐를수록 오히려 천살귀에게 유리하게 흘러가고 있었다.

슉, 슈욱!

천살귀가 휘두르는 단검은 점점 더 위력을 더해 가며 압박의 강도를 높여 갔고, 현무빈은 간신히 공격을 피해 내는 데 급급했다.

'왜지?'

천살귀는 마교에서도 손꼽히는 초절정 고수!

그런만큼 다른 사람들의 눈에는 지금 천살귀에게 유리하게 흘러가는 대결의 양상이 당연하게 느껴질 터였다.

하지만 진풍은 생각이 달랐다.

만약 전력을 다해서 싸운다면 천살귀를 백 초식 이내에 제압할 실력을 현무빈은 분명히 가지고 있었다.

그러나 현무빈은 천살귀를 제압하기는커녕 연신 밀리고 있었다.

그리고 진풍은 그 이유를 곧 알아챘다.

"뭘 저렇게 신경을 쓰고 있는 거야?"

집중력!

차이가 갈린 것은 이 부분이었다.

현무빈은 지금 천살귀와의 대결에 온전히 집중하지 못하고 있었다.

그 이유는 선만섭이 마교도들과 싸우고 있는 모습을 힐끔거리며 훔쳐보느라 바빴기 때문이었다.

"사술인가?"

현무빈에게로 향해 있던 시선을 뗀 진풍이 선만섭을 주시했다.

선만섭의 손에 들려 있는 한 자루 섭선.

섭선은 특이한 독문병기였다.

진풍은 섭선을 병기로 사용하는 것을 처음 보았다.

그리고 선만섭의 손에 들린 섭선의 위력은 대단했다.

파리를 쫓듯이 아무렇게나 섭선을 휘두를 때마다 일류에 근접해 있는 마교도들이 속절없이 쓰러졌다.

오죽했으면 사술이 아닐까 의심했을 정도였다.

"비밀 병기, 맞네!"

그래서 감탄하며 바라보던 진풍이 두 눈을 빛냈다.

사술이 아니었다.

선만섭이 너무 쉽게 느껴질 정도로 마교도들을 가볍게 쓰러트리는 데는 독문병기인 섭선에 비밀이 숨어 있다는 사실을 자세히 살피고 나서야 알 수 있었다.

슈욱!

잔뜩 집중한 채 귀를 기울이지 않으면 들리지 않을 정도로 미세한 파공음.

어느새 주변에 내려앉아 있는 어둠 탓에 두 눈을 크게 뜨지 않으면 보이지 않을 정도로 시커먼 섭선의 살이 선만섭이 대충 휘두를 때마다 소리를 죽인 채 은밀하게 빠져나왔다.

그 섭선의 살이 마교도들의 급소를 찌르고 다시 돌아왔기 때문에 마교도들이 쓰러졌던 것이었다.

물론 내공을 이용해 섭선의 살들을 자유자재로 조종한 것이 아니었다.

섭선의 살들은 눈에 보이지 않는 투명한 실로 연결되어 있었고, 그래서 진퇴가 자유로운 것이었다.

"일종의 암기였네!"

마침내 사술처럼 보이던 섭선의 비밀을 알아낸 진풍이 머리를 긁적였다.

그리고 기련산에서 하산하기 전에 남괴 사부와 나누었던 대화를 떠올렸다.

"험하디험한 강호에서 가장 오래 살아남는 놈이 누군지 아느냐?"

"고수죠."

"고수?"

"그냥 고수가 아니라 감히 어느 누구도 죽일 엄두조차 내지 못하는 절대 고수!"

"틀렸다."

"틀렸다고요?"

"그래, 이 강호에 그런 절대 고수는 없다."

"그래요?"

"그리고 고수일수록 죽을 위험에 자주 노출되는 법이다.

죽을 확률이 높아지지."

"그럼 누군데요?"

"눈치가 빠른 놈이다."

"눈치가 빠른 사람이요?"

"표현이 좀 그런가? 그럼 이렇게 표현하는 게 낫겠구나. 전장의 상황을 가장 빨리, 그리고 가장 확실하게 파악하는 놈이 가장 오래 살아남는 법이다."

남괴 사부는 기련사괴 가운데 가장 따뜻한 사람이었다.

진풍은 그런 남괴 사부를 좋아했다.

그래서 남괴 사부의 충고를 가슴속에 새겼던 진풍은 표행 도중에 싸움이 벌어지자마자 전장의 상황을 유심히 살피며 파악했다.

"천살귀와 현무빈은 당장 승부가 날 것 같지는 않고, 방국주와 표사들은 거의 도움이 안 돼. 이미 기절해 버린 형은 더 말할 것도 없고."

싸움이 시작됐을 때만 해도 금세 끝날 것 같았다.

하지만 전황이 바뀐 것은 선만섭 때문이었다.

"천살귀가 끌고 온 마교도들 스무 명을 선 형님이 절반가량 쓰러트린 덕분에 균형이 잡히긴 했는데……."

전장의 상황을 유심히 살피던 진풍이 슬그머니 고개를 돌렸다.

그리고 곁에 서서 마치 지금 눈앞에서 펼쳐지고 있는 치열할 대결과는 아무런 상관도 없는 방관자처럼 무심한 눈길로 전장의 상황을 살피고 있는 남궁도를 바라보았다.

전장의 상황 파악은 모두 끝난 상황.

남은 변수는 딱 하나.

바로 남궁도란 이 사내뿐이었다.

그래서 진풍이 다가가 물었다.

"어쩔 거죠?"

"뭘 말하는 거지?"

"나서지 않을 거예요?"

"내가 왜?"

"그쪽도 맹호표국의 쟁자수잖아요."

남궁도에 대해서 진풍이 알고 있는 것은 거의 없었다.

표행을 나서기 전에 서로 통성명을 한 것이 전부였으니까.

하지만 진풍은 단번에 알아챘다.

남궁도 역시 고수라는 사실을.

절대로 평범한 쟁자수가 아니었다.

"표행 도중에 싸움이 벌어졌을 때는 표두와 표사들이 나서는 게 당연하지. 쟁자수가 나서는 것이 오히려 이상한 게 아닌가?"

"보통 쟁자수라면 그렇죠."

"……?"

"그쪽도 특별한 쟁자수잖아요."

진풍의 말은 들은 남궁도의 표정이 살짝 굳어졌다.

하지만 그도 잠시, 이내 표정을 수습한 남궁도는 무심한 목소리로 대꾸했다.

“특별하든 평범하든 난 쟁자수일 뿐이다.”

“진심이에요?”

“물론, 진심이다.”

“맹호표국이 망해도 상관없어요?”

“상관없다.”

“정말인가요?”

“이 정도 난관도 넘기지 못하고 무너질 표국이라면 내가 관심을 기울일 필요도 없으니까.”

진풍이 희미하게 고개를 끄덕였다.

전황이 어떻게 바뀌던 남궁도가 나서지 않겠다는 의사를 확실히 밝힌 이상, 이제 변수는 완전히 사라진 셈이었다.

“그럼 움직여 볼까?”

자신에게 신경 쓰는 사람은 아무도 없었다.

그래서 느릿하게 움직인 진풍이 바닥에 떨어져 있는 돌멩이들을 신중히 살핀 후 몇 개 주워 들었다.

“이 정도면 충분하겠네.”

출렁.

진풍의 뱃살이 흔들렸다.

그 순간, 진풍의 손에 들려 있던 돌멩이들이 천살귀를 향해 무시무시한 속도로 파고들었다.

◉

"이런 개 같은!"

천살귀가 거침없이 욕설을 내뱉으며 두 자루의 단검을 휘둘렀다.

슈욱! 슈욱!

내력이 제대로 실려 있는 두 자루의 단검은 현무빈이 드러낸 허점을 노리고 제대로 파고들었다.

허점을 놓치지 않고 파고든 매서운 공격에 당황한 탓에 중심을 잃은 현무빈은 두 자루의 단검을 피해 낼 수 없을 것 같았다.

하지만 그건 착각이었다.

챙, 채앵!

중심이 무너진 채로 현무빈이 급히 휘두른 장검은 용케 두 자루의 단도를 쳐 내는 데 성공했다.

그리고 그로 인해서 마지막 순간에 방향이 바뀐 단검은 텅 빈 허공만 가르고 지나갔을 뿐이었다.

"빌어먹을!"

천살귀가 단검을 수습하며 다시 욕설을 내뱉었다.

계속 이런 식이었다.

금방이라도 승부가 갈릴 것 같았는데, 현무빈은 위태로운 상황의 연속임에도 불구하고 용케 버텨 냈다.

그로 인해서 점점 짜증이 치밀기 시작했다.

'저놈이 쟁자수라고?'

말도 안 되는 헛소리였다.

어지간히 실력이 있는 표국의 표두라고 해도, 자신에게서 십 초식을 버티는 건 불가능했다.

그런데 고작 쟁자수 따위가 자신과 맞서 싸우며 무려 오십 초식이 넘도록 쓰러지지 않고 버티다니.

'진짜 정체가 뭐지?'

천살귀가 단검을 고쳐 쥐며 현무빈을 매섭게 노려보았다.

일방적인 공세.

대결의 양상은 분명히 자신에게 유리했다.

현무빈이란 놈이 가까스로 공격을 피해 내며 용케 버티고 있었지만, 이제 끝이 점점 가까워 오고 있었다.

하아, 하아!

현무빈이 벌리고 있는 입을 통해서 새어 나오고 있는 가쁜 숨이 그가 이미 지쳤다는 증거였다.

"이제 끝내지!"

운이란 한계가 있는 법이었다.

지칠 대로 지친 현무빈을 확인한 천살귀가 다시 신법을 펼쳤다.

'이번엔 확실히 끝낸다!'

재빨리 뒷걸음질을 치는 현무빈과의 거리를 좁힌 천살귀

가 작심하고 두 자루 단검을 휘둘렀다.

이검류 제사초식!

왼손에 들린 단검은 현무빈의 머리를 노리고 위에서 아래로 떨어져 내렸고, 오른손에 들린 단검은 수비를 위해서 장검을 들어 올리느라 텅 비어 버린 현무빈의 가슴을 노리고 매섭게 파고들었다.

마치 살아 있는 생물처럼 기이한 각도로 꺾이며 현무빈의 가슴으로 파고드는 단검의 궤적을 확인한 천살귀의 입가로 득의의 미소가 떠올랐다.

'지긋지긋한 놈! 이젠 진짜 끝이다!'

이번 공격만큼은 절대 피해 낼 수 없다는 확신이 들었다.

그래서 천살귀가 속으로 쾌재를 부를 때였다.

쐐애액!

무시무시한 파공음이 다가왔다.

자신의 가슴을 노리고 뭔가 다가온다는 사실을 깨달은 천살귀의 입가에 머물러 있던 미소가 흔적도 없이 사라졌다.

챙!

현무빈의 머리 위로 떨어져 내리고 있던 단검이 현무빈이 들어 올린 장검에 막혔다.

슬쩍 미간을 좁힌 천살귀가 망설이다가 결국 현무빈의 가슴을 노리고 파고들고 있던 단검의 방향을 도중에 바꾸었다.

채앵!

단검을 휘둘러 파공음을 일으키며 다가온 돌멩이를 쳐낸 천살귀가 아쉬운 마음에 입맛을 쩝 다셨다.

어디선가 날아든 이 돌멩이 탓에 현무빈을 죽일 수 있는 확실한 기회를 놓치고만 셈이었다.

그리고 간신히 위기를 넘긴 현무빈은 고수답게 기회를 놓치지 않고 수세에서 공세로 바로 전환했다.

슈아악!

현무빈의 내력이 가득 실린 장검의 궤적은 날카로웠다.

그래서 천살귀가 가벼이 여기지 못 하고 단검을 십자(十字)로 교차해서 장검을 막아 내려 했을 때였다.

쐐애액!

또다시 파공음과 함께 갓난아이 주먹만 한 크기의 돌멩이가 날아들었다.

그 사실을 깨달은 천살귀의 눈동자가 흔들렸다.

절묘한 순간에 날아들고 있는 돌멩이는 흐름의 맥을 끊어 놓으며 자신의 움직임을 방해하고 있었다.

저 돌멩이를 무시할 수는 없었다.

결국 두 자루의 단검을 교차해서 장검을 막는 것을 포기한 천살귀가 왼손에 들린 단검을 휘둘렀다.

챙!

채앵!

돌멩이는 어렵지 않게 쳐 낼 수 있었다.

그러나 내력이 가득 실린 현무빈이 휘두른 장검에 실린 힘을 모두 해소하는 것은 불가능했다.

휘청!

순간 중심이 흔들리며 균형이 무너졌다.

그리고 현무빈은 역시 평범한 쟁자수가 아니었다.

자신이 허점을 드러낸 것을 놓치지 않고 연거푸 공격을 펼쳤다.

수세에 몰린 채 어지러이 단검을 휘두르며 장검을 간신히 막아 내던 천살귀가 인상을 찌푸린 채 고개를 돌렸다.

'대체 어떤 놈이야?'

돌멩이를 던져서 집중력을 흐트러트리고 있는 놈의 정체를 확인하기 위함이었다.

그리고 돌멩이가 날아든 방향으로 고개를 돌렸던 천살귀의 눈에 들어온 것은 비정상이라 느껴질 정도로 뚱뚱한 청년이었다.

'웃어?'

시선이 마주친 순간, 뚱뚱한 청년이 히죽 웃었다.

그 웃는 얼굴을 마주한 천살귀가 코웃음을 쳤다.

'그때 그 한심한 놈이잖아?!'

저 뚱뚱한 청년이 기억이 났다.

워낙 비정상적으로 뚱뚱한 탓에, 기억하지 못 하는 것이 더욱 어려울 지경이었다.

모용수린을 납치하던 당시, 갑자기 나타나서는 겁 없이

달려들던 놈.

물론 자신이 대충 휘두른 일 수도 감당하지 못 하고 쓰려졌던 한심한 놈이었지만.

'살가죽이 두터워서 용케 안 죽었나 보군!'

코웃음을 치며 뚱뚱한 청년을 노려보던 천살귀가 움찔했다.

찌르르.

마치 찬 물을 뒤집어쓴 것처럼 등골이 서늘해졌다.

그 이유는 히죽 웃고 있는 뚱뚱한 청년의 얼굴이 낯이 익었기 때문이었다.

'그놈과 닮았잖아!'

마교 청해지단에 혈혈단신으로 쳐들어와 자신을 쓰러트리고 모용수린을 구해 갔던 놈과 지금 히죽 웃으며 서 있는 뚱뚱한 청년은 묘하게 닮아 있었다.

'같은 놈일 리가 없잖아!'

천살귀가 이내 고개를 흔들었다.

당시 마교 청해지단에 쳐들어왔던 놈은 호리호리하다는 느낌을 받을 정도로 날씬했다.

그에 반해 지금 히죽 웃으며 서 있는 청년은 비정상적이라고 느껴질 정도로 압도적으로 뚱뚱했다.

불과 며칠 사이에 사람의 체형이 저렇게 급격하게 변하는 것은 불가능하다.

그런데 왜일까?

저 뚱뚱한 청년과 마교 청해지단에 단신으로 쳐들어왔던 놈은 분명히 닮았다는 느낌이 자꾸 들었다.

'저 뚱뚱한 놈의 살이 빠지면 그놈과 꼭 닮았을 것 같은데…….'

얼굴만이 아니었다.

분위기도 꼭 닮아 있었다.

오죽했으면 직접 묻고 싶었을 정도였다.

하지만 천살귀에게는 그럴 기회가 주어지지 않았다.

슈웅, 슈우웅!

뚱뚱한 청년은 마치 장난감을 다루듯이 양손에 하나씩 두 개의 돌멩이를 위로 던졌다가 받기를 반복했다.

그리고 뚱뚱한 청년의 입가에 떠올라 있던 웃음이 짙어진 순간이었다.

출렁출렁.

뚱뚱한 청년의 뱃살이 연거푸 흔들렸다.

쐐액. 쐐애액.

무시무시한 파공음을 일으키며 두 개의 돌멩이가 날아드는 것을 확인한 천살귀가 표정을 일그러트렸다.

두 자루의 단검을 휘둘러서 저 돌멩이들을 쳐 내는 것은 어려운 일이 아니었다.

진짜 문제는 현무빈이었다.

슈아악!

일도양단의 기세로 현무빈의 장검이 머리 위로 떨어져

내리고 있었으니까.

채앵!

한 자루의 단검을 들어 올려 장검을 막아 낸 천살귀가 나머지 한 자루의 단검을 휘둘러 돌멩이들을 쳐 내려 했다.

챙!

다행히 하나의 돌멩이를 쳐 내는 것에는 성공했지만, 나머지 하나의 돌멩이까지 막기에는 늦었다.

퍽!

돌멩이가 옆구리에 틀어박혔다.

휘청.

충격을 받고 일순 다리가 풀린 천살귀의 얼굴이 더욱 찡그려졌다.

'고작 돌멩이 때문에…….'

내력도 실려 있지 않은 돌멩이.

순수한 근력만으로 던져 낸 돌멩이였다.

그러나 보잘것없어 보이는 이 돌멩이가 대결에 결정적인 영향을 미쳤다.

태양의 위치, 바람의 방향, 그날의 몸 상태 등등.

실력이 엇비슷한 고수들의 대결에서는 아주 사소한 것만으로도 승부의 향방이 바뀌는 법이었다.

그런데 예고도 없이 절묘한 순간에 날아드는 돌멩이라면 승부의 향방을 바꾸어 놓기에 충분한 변수였다.

서걱!

미간을 좁힌 천살귀가 자신의 가슴을 내려다보았다.

현무빈의 장검이 베고 지나간 가슴에서 붉은 피가 벌컥벌컥 쏟아져 나오는 것을 확인하고서 천살귀는 자신의 죽음을 직감했다.

'최악이로군!'

마교 서열 사십칠 위!

초절정 고수인 자신이 고작 쟁자수 따위에게 죽다니.

"엿 같네……!"

천살귀가 가슴을 살피던 시선을 뗐다.

마지막 남은 힘을 쥐어짜 내서 힘겹게 고개를 돌린 천살귀가 바라본 것은 현무빈이 아니었다.

돌멩이들을 던져서 이 승부의 결과를 바꿔 놓은 뚱뚱한 청년을 천살귀가 노려보고 있을 때였다.

쿵쿵.

히죽 웃고 있던 뚱뚱한 청년이 걸음을 옮겨 자신의 곁으로 천천히 다가왔다.

'저 새끼는 내가 죽인다!'

천살귀가 이를 악 물었다.

아직 양손에는 단검이 들려 있었다.

그리고 최후의 공격을 펼쳐 낼 힘은 남아 있었다.

"죽어! 이 새끼야!"

천살귀가 마지막 힘을 쥐어짜 내 뚱뚱한 청년을 향해 단검을 던졌다.

슈아악!

절대 피할 수 없을 거라고 예상했는데…….

그 예상은 이번에도 빗나갔다.

뚱뚱한 청년은 비대한 체구에 어울리지 않게 유연하게 허리를 뒤로 젖혀 가볍게 단검을 피해 내 버리는 게 아닌가.

최후의 공격이 무위로 돌아갔음을 확인한 천살귀가 망연자실한 표정을 짓고 있을 때, 뚱뚱한 청년은 지척까지 다가왔다.

'이게 무슨 냄새지?'

천살귀가 코를 벌름거렸다.

뚱뚱한 청년의 몸에서는 달큰한 향이 풍겼다.

마치 당과처럼 달큰한 이 향을 전에도 맡은 기억이 있었다.

그래서 천살귀가 계속 코를 벌름거리고 있을 때, 뚱뚱한 청년이 귓속말을 건네듯 작게 속삭였다.

"분명 내가 경고했는데."

"……?"

"더 이상 건드리지 말라고."

'이, 이, 이 새끼가 맞아!'

뚱뚱한 청년이 속삭인 말을 듣고서 천살귀는 이놈이 마교 청해지단에 단신으로 쳐들어와서 모용수린을 구해 간 놈이 맞다는 사실을 확신했다.

그러나 천살귀의 생각은 딱 거기서 멈췄다.

“경고를 지켰어야지.”

퍽!

살이 올라서 두툼한 뚱뚱한 청년의 손이 가슴으로 떨어졌다.

빤히 바라보고 있었지만 피할 수가 없었다.

차마 더 바라보지 못 하고 두 눈을 감아 버린 천살귀의 신형이 크게 들썩였다.

3장
오랜만이에요

하아, 하아…….

방천호가 장검을 휘두르며 가쁜 숨을 내쉬었다.

입에서는 단내가 풍기고, 하늘이 노랗게 보일 정도로 지쳤지만 검을 휘두르는 것을 멈출 수는 없었다.

검을 휘두르지 않고 잠시라도 멈추는 순간, 적들에게 죽게 될 것이라는 사실을 직감했기 때문이었다.

'대체 어떤 놈들이지?'

세 명의 적들에게 둘러싸인 채 필사적으로 검을 휘두르던 방천호가 적들의 정체에 대해 고민했다.

'산적은 아냐!'

산적이 아닌 것은 확실했다.

맹호표국을 세우고 표행에 나선 지 어언 십 년이 넘는 시간이 흘렀으니, 청해성 인근의 산적들에 대해서는 빠삭하게 알고 있었다.

그리고 방천호가 기억하는 한 청해성 인근에 이 정도로 실력이 뛰어난 산적들은 존재하지 않았다.

'그럼 표물을 노린 자들?'

산적을 제외하면 남은 것은 하나.

명월상단에서 맡긴 표물을 노리고 의도적으로 찾아온 적들일 가능성이 가장 높았다.

'역시 무리였나?'

장검을 든 오른팔이 점점 무거워지는 것을 느끼며 방천호가 후회했다.

복과 화는 동시에 찾아온다는 옛말이 불쑥 떠올랐다.

요즘 들어 복이 넝쿨째 굴러 들어온다고 좋아했더니, 액운도 동시에 찾아와 버렸다.

여기서 죽으면 지금껏 굴러 들어온 복이 대체 무슨 소용인가?

역시 욕심이 너무 과했다는 생각에 방천호가 후회하고 있을 때였다.

큭!

자신을 둘러싸고 있는 세 명의 적들 가운데 한 사내가 갑자기 비명을 내지르며 풀썩 쓰러졌다.

'뭐지?'

방천호가 손에 들린 장검을 살폈다.

아까부터 수비에 치중하느라 공격은 펼칠 엄두도 내지 못 했다.

그저 닥치는 대로 이리저리 검을 휘두르며 수비하고 있는 것이 다였는데, 갑자기 적들 중 한 명이 쓰러진 것이었다.

'내가 죽인 건가?'

큭! 크윽!

영문을 몰라서 당황하고 있을 때, 남은 두 명의 적들도 동시에 쓰러졌다.

그리고 그들을 쓰러트린 것은 자신이 아니었다.

위태로운 상황에 전혀 어울리지 않게 섭선을 펼친 채 살랑살랑 부치면서 다가온 선만섭이 넌지시 입을 뗐다.

"괜찮소, 국주?"

"난 괜찮네만……."

"밥값은 했소."

선만섭이 이들을 죽였다는 사실을 알게 된 순간 긴장이 풀렸다.

그리고 긴장이 사라지자 맥이 탁 풀렸다.

아까부터 무겁게 느껴지던 검을 미련 없이 바닥에 던져버린 방천호가 선만섭의 손을 덥썩 잡으며 주변을 살폈다.

세 명의 적들에게 둘러싸인 채 싸우느라 주변을 살필 여유조차 없었는데, 싸움은 어느새 끝나 있었다.

바닥에 쓰러져 있는 열 명의 넘는 적들을 살피던 방천호가 선만섭의 손을 잡고 있는 손에 힘을 더했다.

"역시 내 눈이 틀리지 않았군!"

바닥에 쓰러진 자들 가운데는 맹호표국의 표사들도 있었다.

모두 세 명의 표사들!

그들이 희생당했지만 표물은 지켰다.

표사들의 죽음은 분명히 안타까웠지만, 이렇게 강한 적을 맞아서 이 정도 피해를 입은 것이면 아주 경미한 편이었다.

그리고 이것이 가능했던 이유는 바로…… 쟁자수들 때문이었다.

"역시 우리 맹호표국의 비밀 병기들이야!"

역대 최강의 쟁자수들.

방천호가 맹호표국으로 받아들였던 쟁자수들의 맹활약 덕분에 표행 도중 찾아온 커다란 위기를 넘긴 것이었다.

"밥값은 하고도 남았네."

"매일 놀고먹는데 이 정도는 해야 하지 않겠소?"

"그런데…… 대체 누군가?"

"정체에 대해서는 꼬치꼬치 캐묻지 않기로 이미 약조한 듯한데……."

슬쩍 미간을 찌푸리며 정색하고 있는 선만섭은 뭔가 오해하고 있었다.

그래서 방천호가 재빨리 다시 질문을 던졌다.

"자네가 아니라, 이놈들의 정체에 대해 묻는 걸세."

"아, 그걸 물은 거였소?"

"혹시 알고 있는가?"

"마교요."

"마교였군. 마교였…… 잠깐! 방금 뭐라고 했나?"

"마교라고 했소."

무심코 고개를 끄덕이고 있던 방천호가 화들짝 놀라 재차 확인했다.

그리고 떨리는 목소리로 물었다.

"마, 마교가 대체 왜……?"

"난들 알겠소?"

"확실한가?"

"확실하오. 저자, 보이시오?"

선만섭이 섭선으로 바닥에 쓰러져 있는 노인을 가리키며 덧붙였다.

"천살귀요."

"처, 천살…… 귀!"

적들이 마교라는 말에 어지간히 놀랐던 방천호가 이번에는 기겁했다.

저 노인이 그 흉명 자자한 천살귀라니.

노인의 정체를 알고 나자 신형이 벌벌 떨렸다.

그러나 이내 의심이 깃들었다.

천살귀는 마교 내에서도 손꼽히는 초절정 고수.

그런 천살귀가 대체 왜 맹호표국의 표행을 습격했단 말인가?

그리고 하나 더.

초절정 고수인 천살귀를 대체 누가 죽일 수 있단 말인가?

그래서 의심 섞인 눈초리로 선만섭을 바라보던 방천호가 참지 못 하고 물었다.

"진짜 천살귀가 맞나?"

"아우님이 틀림없다고 말했소."

"혹시…… 자네가 죽였나?"

"내가 아니오."

"그럼 누가?"

"현 아우가 죽였소."

"저, 정말인가?"

"내 눈으로 똑똑히 봤소."

선만섭은 확신에 찬 목소리로 말했다.

그리고 이쯤 되니 믿지 않기도 힘들었다.

그래서 가쁜 숨을 몰아쉬고 있는 현무빈과 바닥에 쓰러진 천살귀를 번갈아 바라보던 방천호는 환호성을 지르고 싶은 것을 간신히 눌러 참았다.

'우리 맹호표국이 청해성 제일의 표국이 될 날이 멀지 않았구나!'

마교에서도 손꼽히는 초절정 고수인 천살귀도 죽일 수 있는 표국이라니.

방천호가 새삼스런 눈길로 맹호표국의 특별한 쟁자수들을 바라보았다.

이전까지는 상상도 하지 못했던 일이었다.

그러나 이제는 현실이 되어 있었다.

맹호표국의 비밀 병기인 특별한 쟁자수들과 함께라면 세상에 두려울 것이 없다는 생각이 든 순간, 다시 힘이 솟구쳤다.

방천호가 의기양양하게 소리쳤다.

"자, 어서 표행을 계속한다!"

'정말 서진풍이었을까?'

모용수린이 슬쩍 미간을 찌푸렸다.

의문이 꼬리에 꼬리를 물고 일어났다.

그 수많은 의문들을 풀기 위해서 가장 좋은 방법은 서진풍을 직접 만나서 확인하는 것이었다.

그래서 모용수린은 벽검장을 빠져나온 후, 바로 맹호표국으로 찾아갔다.

하지만 아쉽게도 서진풍을 만날 수는 없었다.

그가 표행을 떠났기 때문이었다.

"정말 만나기 힘든 사람이네."

결국 서진풍을 만나지 못한 모용수린이 쓰게 웃었다.

다른 사내들은 자신을 만나지 못 해서 안달인데, 서진풍은 달랐다.

모용수린이 부지런히 쫓아다니고 있음에도 불구하고, 그를 만나는 것이 쉽지가 않았다.

"확실히 특이한 사람이야."

이런 경험이 처음이어서일까?

서진풍이 더욱 신경이 쓰였다.

아쉬운 마음으로 맹호표국에서 발걸음을 돌린 모용수린이 다음으로 향한 곳은 벽검장이 아니었다.

무림맹 청해지부로 움직였다.

"지부장님을 만나기 위해서 찾아왔어요."

수문을 지키는 무사에게 용건을 건네고 얼마 지나지 않아, 모용수린은 유성용의 집무실로 안내되었다.

"모용 소저가 무슨 일로 여길 찾아왔는가?"

사람 좋은 미소를 지은 채 인사를 건네는 유성용을 마주한 순간, 그가 간밤에 벌어졌던 일에 대해서 아무것도 모른다는 것을 알 수 있었다.

하지만 간밤의 일에 대해 알려 주기 전에 먼저 확인할 것이 있었기에, 모용수린이 바로 본론을 꺼냈다.

"비천각 정보를 열람하고 싶습니다."

"응? 비천각의 정보를 열람하고 싶다고?"

"그렇습니다."

"대체 무슨 일 때문에 그러는가?"

"꼭 확인할 게 있어서입니다."

"개인적인 용무 때문인가?"

예상대로 난색을 표하고 있는 유성용을 확인한 모용수린이 딱 잘라 말했다.

"부탁이 아닙니다."

"부탁이 아니라면?"

"무림맹 휘하 용봉단원으로서 요구하는 겁니다."

모용수린이 사무적인 딱딱한 말투로 입을 열자, 유성용의 입가에 줄곧 머물러 있던 미소가 사라졌다.

"기밀 열람권은 용봉단의 단주와 부단주에게만 있는 걸로 알고 있는데."

이건 유성용의 말이 옳았다.

비천각에서 취급하는 기밀문서의 열람권은 용봉단의 단주와 부단주에게만 있었다.

즉, 기밀을 열람하기 위해서는 이번 임무에 함께 나섰던 추상화의 도움이 필요했다.

하지만 모용수린은 추상화가 머물고 있는 벽검장에 찾아가지 않았다.

그에게 도움을 청하기 싫어서가 아니었다.

지금 모용수린이 열람하려는 것이 기밀 서류가 아니었기 때문이었다.

"기밀로 분류된 자료가 아니라면 열람이 가능한 것으로 압니다만."

"그렇긴 하네만. 대체 모용 소저가 찾으려는 자료가 무엇인가?"

"그건 나중에 알려 드리겠습니다."

모용수린이 찾으려는 것은 서진풍에 대한 자료였다.

무림맹 휘하 비천각의 정보력은 대단했다.

중원 전역에 신분을 감춘 채 흩어져 있는 비천각 요원들의 매서운 이목은 아주 사소한 것들까지도 놓치지 않는다.

만약 서진풍이 진짜 고수라면 비천각 요원들의 날카로운 이목을 벗어나지 못했으리라.

"알겠네. 내가 일러 두겠네."

유성용의 허락을 득하자마자 모용수린은 지체하지 않고 무림맹 청해지부 내에 위치한 정보 보관소에 틀어박혔다.

산더미처럼 쌓여 있는 정보들의 양은 엄청나게 방대했다.

단지 마주한 것만으로도 절로 기가 죽을 정도로 자료의 양이 많았지만, 모용수린은 서두르지 않았다.

"서 소협은 십 년만에 하산했다고 했어. 그리고 청해성으로 돌아온 지 얼마 지나지 않았어."

서진풍에 대한 사전 정보를 갖고 있었던 덕분에, 쓸데없는 자료를 뒤지는 수고를 덜 수 있었다.

"짧으면 한 달, 넉넉히 잡아도 육 개월 이내의 자료들을 뒤져야 해."

모용수린이 차분하게 가라앉은 눈으로 지난 육 개월간 청해성에 위치한 비천각 요원들이 보낸 정보를 모아 놓은 자료들을 살피기 시작했다.

지금부터 육 개월 이전까지로 범위를 많이 좁혔음에도 불구하고, 자료의 양은 생각보다 많았다.

모용수린은 미동도 하지 않고 자료들을 하나씩 살피기 시작했다.

그렇게 얼마나 시간이 흘렀을까.

눈으로 슬쩍 훑고 나서 넘기고 있던 수많은 자료들 가운데 하나의 자료를 모용수린이 들어 올렸다.

압도적으로 뚱뚱한 청년 등장!
신법의 고수로 보이나 착시 효과일 수도 있음.
돈이 많은 듯하나 검소한 듯 보임.
세밀한 관찰 요!

중요도가 다른 각종 정보가 적힌 전서들은 하루에도 수백 장씩 무림맹 청해지부 비천각으로 날아들었다.

그 자료들을 중요도에 따라서 분류하는 것이 무림맹 내에 상주하고 있는 비천각 요원들의 역할.

그런 만큼 모든 자료가 주목받기는 힘들었다.

그리고 지금 모용수린이 들어 올린 자료는 중요도가 아

주 낮다고 판단되어 전혀 주목받지 못하고 사장된 것이었다.

하지만 모용수린은 이 자료가 바로 자신이 찾던 것임을 알아챘다.

'이거야!'

뚱뚱한 사람은 많았다.

그렇지만 압도적이라는 표현을 쓸 정도로 뚱뚱한 사람은 흔치 않았다.

게다가 청해성 내에서는 더욱 드물 터.

그뿐이 아니었다.

자료에 적혀 있는 돈이 많은 듯하나 검소하게 보인다는 표현이 모용수린의 시선을 잡아 끌었다.

상황을 좀 더 자세히 알아볼 필요가 있었지만, 이 표현은 세상 물정에 어둡다는 뜻이라고 해석이 가능했다.

그리고 서진풍은 십 년간 산속 생활을 하다가 하산했다고 했으니, 세상 물정에 어두울 가능성이 높았다.

"신법의 고수라……."

아무 이유 없이 이런 서류를 작성하지는 않았을 터.

분명히 이런 표현을 쓴 근거가 있을 것이다.

"이 자료를 작성한 자를 만나 봐야겠어."

모용수린이 어렵사리 찾아낸 자료를 곱게 접어서 품속에 넣고 일어났다.

무림맹 청해지부를 찾은 첫 번째 목적을 달성한 모용수

린은 다시 유성용을 만나기 위해서 집무실로 찾아갔다.

"그래, 찾고자 한 자료는 찾았나?"

"찾은 것 같습니다."

"그거 다행이구만. 그럼 이제 볼일이 끝난 건가?"

"아직 할 일이 남았습니다."

"또? 뭔가?"

"긴히 드릴 말씀이 있습니다."

"무슨 말인데 표정이 그리 심각한가?"

"납치를 당했었습니다."

"납치? 누가 납치를 당했었나?"

"바로…… 저입니다."

모용수린이 담담한 목소리로 대답하자, 유성용이 작은 눈을 치켜떴다.

"그게 사실인가?"

"틀림없는 사실입니다."

"하지만 자네는 지금 내 앞에 서 있지 않은가?"

"운이 좋게 빠져나올 수 있었습니다."

모용수린의 대답이 끝나자, 유성용의 언성이 높아졌다.

"감히 누가 무림맹 휘하 용봉단원인 자네를 납치한단 말인가! 그 간덩이가 부은 놈이 대체 누군가?!"

"마교입니다."

"마교…… 라고?"

"그렇습니다."

"그게 확실한가? 혹시 착각한 것이 아……?"

믿고 싶지 않아서일까?

확인하기 위해 다시 묻고 있는 유성용에게 모용수린이 되물었다.

"천살귀는 아시죠?"

"천살귀라면…… 물론 알고 있네."

"천살귀가 직접 나섰습니다."

유성용의 표정이 딱딱하게 굳어지는 것이 보였다.

그리고 모용수린은 지금 유성용의 복잡한 머릿속을 짐작할 수 있었다.

마교가 정파 무림의 구심점이자 대표라고 할 수 있는 무림맹 휘하 용봉단원을 납치한 것은 명백한 도발이었다.

또한 무림맹 청해지부 무인들이 마교 청해지단을 공격할 명분이 되기에 충분했다.

그러나 마교 청해지단을 공격하는 것은 위험 부담이 컸다.

자칫하다가는 무림맹과 마교의 정면 대결로 이어질 수 있으리라.

정마대전.

꽤 오랫동안 아슬아슬한 평화를 유지하고 있는 중원에 정마대전이 펼쳐진다면 피바람이 불어닥치리라.

만약 이번 일을 명분으로 유성용이 무림맹 청해지부의 무인들을 이끌고 움직인다면, 정마대전의 시발점이 되기에 충분했다.

그리고 유성용은 그에 대한 책임에서 자유로울 수 없을 터.

우유부단한 성격의 유성용은 지금 어느 쪽도 선뜻 선택하지 못 하고 망설이고 있는 게 틀림없었다.

"어찌해야 할까?"

유성용이 길게 이어지던 침묵을 깨트렸다.

"그건 제가 결정할 일이 아닌 듯합니다. 지부장님께서 결정하실 일입니다."

"그렇지."

"감히 충고를 드리자면…… 명분은 충분합니다."

"그건 자네 말이 맞지만……."

"하나 더 말씀드리자면 마교 청해지단은 지금 전력이 많이 약화되어 있습니다."

"그게 무슨 말인가?"

"얼마 전에 공격을 당했습니다."

"마교 청해지단이 공격을 당했단 말인가?"

"맞습니다."

"대체 누가 그런 대담한 일을 벌였는가?"

"저도 모릅니다."

마교 청해지단에 단신으로 쳐들어와서 자신을 구해 준 자의 정체는 알지 못했다.

그래서 모용수린이 솔직하게 대답하자, 유성용의 얼굴에

실망스런 기색이 스치고 지나갔다.

다만 짐작이 가는 사람은 있다는 말까지는 꺼내지 않은 채 모용수린이 슬그머니 한마디를 덧붙였다.

"만약 마교 청해지단을 공격하겠다고 결심하셨다면 지금이 기회입니다."

"자네 말대로라면…… 그렇겠군."

"어찌하실 생각입니까?"

모용수린이 대답을 재촉했지만, 유성용은 다시 장고에 잠겼다.

그리고 한참만에야 조심스럽게 입을 뗐다.

"이건 쉽게 결정을 내릴 수 있는 문제가 아니로군. 조금 더 생각할 시간을 주게."

유성용의 대답을 들은 모용수린은 살짝 실망했다.

하지만 애써 내색하지는 않았다.

우유부단한 유성용의 성격에 대해 어느 정도 파악하고 있었기에 이런 대답이 나올 것임을 이미 짐작했기 때문이었다.

"알겠습니다."

"이제 자네는 어딜 가려는가?"

"마교 청해지단에 단신으로 쳐들어와 절 구해 준 사람이 있었습니다. 그자가 누군지 알아볼 예정입니다."

희미하게 고개를 끄덕이는 유성용을 확인한 모용수린이 덧붙였다.

"그리고 그것을 위해서 꼭 만나야 할 사람이 있습니다."

◉

"맹호표국의 표행이 도착했습니다."

백일장에 맹호표국의 표행이 도착한 것은 야간 수련이 한창인 시간이었다.

내심 표물이 도착하기를 기다리고 있었던 관유정은 무관의 관원으로부터 보고를 듣자마자 바로 정문으로 향했다.

그리고 사람 좋은 미소를 입가에 머금은 채 맹호표국의 국주인 방천호가 이끄는 표행을 맞았다.

"먼 길 오느라 고생했소."

"환대해 주셔서 감사합니다."

"그런데 표행 도중에 무슨 일이 있었소?"

방천호의 의복은 도검에 상한 것처럼 여기저기 베어져 있었고, 군데군데 깊고 얕은 상처도 입고 있었다.

그래서 관유정이 묻자, 방천호가 대답했다.

"표행 도중에 표물을 노린 적들의 습격을 받았습니다."

"그런 일이 있었소? 표물은 괜찮소?"

"표물은 무사히 지켰습니다."

내심 방천호가 이끌던 표행을 걱정하는 척 하긴 했지만, 관유정에게 가장 중요한 것은 명월상단에서 보낸 표물의 안위였다.

그래서 마음이 조급해진 관유정이 재빨리 묻자, 다행히 표물은 무사하다는 방천호의 대답이 돌아왔다.

비로소 안심한 관유정이 다시 물었다.

"대체 어떤 놈들이 표행을 습격했소? 산적들이오?"

"마교였습니다."

"아, 마교 놈들이었구……."

관유정이 무심코 말을 받다가 멈추었다.

그리고 방천호에게 다시 물었다.

"방금 뭐라 그랬소?"

"마교라고 했습니다."

"틀림없소?"

"천살귀가 직접 나섰으니 확실합니다."

방천호가 워낙 대수롭지 않은 목소리로 대꾸하는 바람에 처음에는 자신이 잘못 들은 것인지 알았다.

하지만 제대로 들은 것이 맞았다.

그리고 일반 마교도가 아니었다.

무려 천살귀가 직접 움직여서 표행을 습격했다고 방천호는 말하고 있었다.

"정말 천살귀였소?"

"맞습니다."

"틀림없소?"

"분명히 천살귀였습니다."

"그런데…… 어찌 안 죽었소?"

맹호표국이 청해성 내에서 자그마한 명성을 얻고 있다고는 하나, 대단한 표국은 아니었다.

마교에서도 손꼽히는 고수인 천살귀를 감당할 수 있을 리 없었다.

그래서 의아함을 감추지 못하고 관유정이 묻자, 방천호는 득의만만한 표정을 지은 채 대답했다.

"천살귀 따위는 아무것도 아닙니다."

"천살귀가…… 아무것도 아니다?"

"그렇습니다."

"하지만……."

"마교 교주가 직접 나선다면 모를까."

관유정이 껄껄 웃고 있는 방천호를 빤히 바라보았다.

'이자가 미쳤나?'

맹호표국이 요즘 잘나간다고 해도 일개 표국에 불과했다.

고작 표국주 따위가 천살귀로 모자라 마교 교주까지 운운하다니.

아무래도 허풍을 떨고 있거나 제정신이 아닌 것처럼 보였다.

그래서 어이없다는 표정을 지은 채 바라보고 있자, 방천호가 만면에 웃음을 머금은 채 덧붙였다.

"믿기 어렵다는 표정이시군요."

"솔직히 그렇소."

"그럼 비밀을 하나 알려 드릴까요?"

"비밀요?"

"사실 맹호표국에는 비밀 병기들이 있습니다."

"비밀 병기?"

"특별한 쟁자수들이지요."

특별한 쟁자수라니…….

쟁자수면 그냥 쟁자수지 특별할 것이 뭐가 있단 말인가?

방천호의 이야기를 들으면 들을수록 점점 더 혼란스러워졌다.

그래서 관유정이 슬쩍 미간을 찌푸렸지만, 흥분한 방천호는 불쾌한 기색을 눈치채지 못하고 말을 이었다.

"우리 맹호표국을 청해성 제일의 표국으로 비상하게 만들어 줄 쟁자수들이죠. 관 대협께 소개해 드리겠습니다."

"표사나 표두가 아니라 쟁자수들을?"

"그냥 쟁자수가 아니라 특별한 쟁자수들이라니까요. 관 대협께서도 이번 기회에 알아 두시면 좋을 겁니다."

"뭐, 그럽시다."

표두나 표사도 아니고 고작 쟁자수들을 알아서 뭐에 쓸까.

쓸데없는 짓이었다.

솔직한 내심대로라면 쟁자수들과 인사를 나누는 것은 건너뛰고 얼른 표물을 받아서 확인하고 싶은 마음이 굴뚝같았다.

하지만 방천호가 이렇게까지 말하는데 거절하기도 어려웠다.

그래서 귀찮은 표정으로 방천호의 뒤에 서 있는 쟁자수들을 관유정이 대충 살피기 시작했다.

"이분은 선만섭 소협입니다. 섭선을 아주 기가 막히게 쓰는 쟁자수입니다. 그리고 이분은……."

방천호가 쟁자수들을 차례로 한 명씩 소개하는 것을 듣고 있던 관유정이 속으로 코웃음을 쳤다.

'고작 쟁자수 따위에게 분이라니.'

어이가 없을 지경이었다.

그렇지만 꾹 참고 방천호의 소개를 한 귀로 듣고 한 귀로 흘리고 있던 관유정이 순간 흠칫했다.

"마지막으로 이분은 서진풍 소협입니다. 겉으로 보기에는 뚱뚱해서 무척 둔해 보이지만……."

'서진풍?'

서진풍이라는 이름이 낯익었다.

그래서 퍼뜩 고개를 들자, 비정상적이라고 느껴질 정도로 압도적으로 뚱뚱한 청년의 모습이 보였다.

그 뚱뚱한 청년을 빤히 바라보던 관유정이 곧 고개를 절레절레 흔들었다.

'동명이인이겠지.'

서진풍이라는 이름은 흔했다.

그리고 관유정이 한때 가르쳤던 백화장주의 둘째 아들인

서진풍은 여기 나타날 수 없었다.

관유정이 서진풍에게 잠력격발술을 전수했기 때문이었다.

무림맹 영재발굴대회 청해성 예선에서 잠력격발술을 사용한 만큼, 당시에 자신이 가르쳤던 서진풍은 죽었을 가능성이 컸다.

설령 운이 좋았더라도 폐인이 돼서 움직이는 것조차 불가능하리라.

그래서 지금 눈앞에 서 있는 서진풍이라는 뚱뚱한 청년이 그 서진풍이 아닐 거라고 판단을 내렸을 때였다.

뚱뚱한 서진풍이 히죽 웃었다.

그 웃음을 마주한 순간, 관유정의 가슴이 철렁 내려앉았다.

예전에 가르쳤던 서진풍이 당과를 앞에 두고 히죽 웃던 것이 기억이 났다.

그리고 지금 뚱뚱한 청년이 히죽 웃는 모습은 당시의 서진풍과 무척 닮아 있었다.

'만약 서진풍이 죽지 않고 자랐다면 딱 이렇게 성장하지 않았을까?'

퍼뜩, 그런 생각이 들었다.

그래서 관유정이 혀를 내밀어 바싹 마른 입술을 훑고 있을 때, 뚱뚱한 청년이 오른손을 들었다.

"오랜만이에요."

"응?"

"날 벌써 잊었어요?"

"설마?"

"맞아요. 기재 중의 기재였던 서진풍!"

두근두근.

서진풍!

저 뚱뚱한 청년이 백화장주의 둘째 아들인 서진풍일 줄이야.

설마가 현실로 변해 들이닥치고 나자, 어떻게 반응해야 할지 당황스러웠다.

그래서 습관처럼 억지로 사람 좋은 웃음을 지은 채 생각에 잠겨 있을 때였다.

쿵쿵쿵.

서진풍이 갑자기 뛰기 시작했다.

지축이 울리는 듯한 요란한 소리와 함께 서진풍이 반갑다는 듯이 양팔을 쩍 벌린 채 다가왔다.

'이건 뭐지? 반갑다는 뜻인가?'

길게 생각할 시간도 없었다.

그래서 관유정이 엉겁결에 양팔을 벌렸을 때였다.

서진풍이 갑자기 벌리고 있던 팔을 내리며 히죽 웃었다.

퍽!

서진풍의 어깨가 텅 빈 가슴에 기습처럼 틀어박힌 순간, 미처 피하지 못한 관유정이 속절없이 뒤로 날아갔다.

"요새 힘 조절이 안 되네!"

머리를 긁적거리며 히죽 웃고 있는 서진풍이 중얼거린 말을 듣고서 관유정의 눈앞에 어젯밤 악몽이 떠올랐다.

시커먼 털로 덮인 거대한 멧돼지에게 눌린 채 버둥거리던 꿈!

시커먼 멧돼지와 흑의무복을 입은 서진풍이 겹쳐진 순간, 관유정이 탄식을 터트리며 속으로 중얼거렸다.

'길몽은 무슨.'

4장
색협 선대수, 맞죠?

백일장(白日裝)!

금방이라도 현판을 뚫고 나와 훨훨 날아서 비상할 것처럼 힘 있는 필체로 적힌 글자들이 진풍의 시선을 잠시 잡아 끌었다.

그리고 정문이 열린 후 백일장 안으로 들어섰던 진풍이 눈살을 찌푸렸다.

요즘 들어 급격히 세를 떨치고 있다고 소문난 대로 백일장은 넓었다.

크고 화려한 전각들.

드넓은 연무장.

무관을 가득 채운 수많은 수련생들.

수련생들이 가득 차서 패기와 활기가 넘치는 백일장과 아무도 찾지 않아서 흉가처럼 변해 버린 백화장이 비교가 됐다.

그래서 기분이 상했다.

"먼 길 오느라 고생했소."

가뜩이나 좋지 않았던 기분은 사람 좋은 미소를 지은 채 방천호를 환대하고 있는 관유정을 보고 나서 더욱 더러워졌다.

방천호와 이런저런 이야기를 나누고 있었지만, 두 사람의 대화 내용은 전혀 귀에 들어오지 않았다.

관유정만 뚫어져라 노려보고 있던 진풍이 마침 고개를 돌린 그와 시선이 부딪혔다.

지은 죄가 있는 탓일까?

자신과 시선이 마주치자마자 흠칫 놀라는 관유정을 향해 진풍이 씩 웃었다.

"오랜만이네요."

이대로 곱게 인사를 건네기에는 진풍과 관유정 사이의 악연이 너무 깊었다.

그래서 진풍이 팔을 벌린 채 달려갔다.

퍽!

어깨에 가슴을 들이받히고 새처럼 훨훨 날아가는 관유정을 바라보고 있자니, 불쑥 옛날 생각이 떠올랐다.

예전 무림맹 영재발굴대회 청해성 예선에 나섰던 자신도

힘껏 도약해서 저렇게 새처럼 훨훨 날았었는데.

그때 기억이 새록새록 솟아난 진풍이 손을 번쩍 들어 올리며 소리쳤다.

"삼 장!"

정확히 삼 장을 날아간 후 바닥에 떨어진 관유정을 확인한 진풍이 힘주어 외쳤을 때였다.

스릉.

스르릉.

백일장에 소속된 무인들이 일제히 검을 빼 들었다.

"장주님!"

"괜찮으십니까?"

"암습이다!"

"어서 검을 들어라!"

백일장의 무인들이 검을 겨눈 채 매섭게 노려봤지만, 진풍은 전혀 당황하지 않고 혼잣말을 중얼거렸다.

"암습은 무슨. 그냥 인사치레였구만."

그사이 전혀 예상치 못했던 상황 전개로 인해서 당황한 기색이 역력한 방천호가 곁으로 다가와 물었다.

"서 소협, 갑자기 왜 이러는가?"

"반가워서요."

"누가 반갑다는 건가? 혹시 백일장의 장주인 관 대협과 아는 사이인가?"

"좀 아는 사이예요. 맞죠?"

입가에 묻은 피를 닦아 내며 일어서고 있는 관유정을 향해 묻자, 관유정이 떨떠름한 표정으로 고개를 끄덕이며 소리쳤다.

"검을 거둬라."

"장주님!"

"장주님, 괜찮으십니까?"

"난 괜찮으니 호들갑 떨지 말거라."

철컥, 철커덕.

관유정의 명령을 들은 백일장 무인들이 검을 수습하는 사이, 진풍이 관유정의 앞으로 다가갔다.

귀신이라도 본 사람마냥 흠칫 놀라며 방어 자세를 취하고 있는 관유정에게 진풍이 귓속말을 건넸다.

"난 무척 반가운데. 관장주님은 별로 안 반가운가 봐요?"

"나도…… 반갑네."

"정말이에요?"

"사실…… 이네."

"솔직히 말해 봐요. 많이 놀랐죠?"

"응?"

"안 죽고 살아 있어서."

"그게 어찌 된 거냐면……."

"설명할 필요 없어요. 나도 이제 다 아니까."

"……."

"그나저나 잘살고 있네요. 우리 백화장은 폭삭 망하고, 난 죽을 뻔했는데 아주 잘살고 있었어요."

진풍의 말이 끝나자, 관유정의 눈동자가 흔들렸다.

그 반응을 확인한 진풍이 히죽 웃으며 다시 물었다.

"이제 어쩔래요?"

"뭘 어쩌란 말인가?"

"그냥 모른 척 넘어가시겠다?"

진풍이 팔짱을 끼며 관유정을 살폈다.

방금 전까지 중심을 잡지 못 하고 이리저리 흔들리던 관유정의 눈동자가 착 가라앉아 있었다.

그런 그의 두 눈에서 순간 살기가 번뜩였다가 사라지는 것을 확인한 진풍이 넌지시 입을 뗐다.

"왜요? 살인멸구라도 하시게요?"

"그건…… 오해일세."

"오해가 아닌 것 같은데……."

속내를 들켜서일까.

피가 날 정도로 입술을 꽉 깨물고 있는 관유정의 귓가에 진풍이 속삭였다.

"아까 못 들었어요?"

"뭘 말인가?"

"방 국주님이 특별한 쟁자수라고 했잖아요."

"……."

"쟁자수라고 우습게 보지 않는 게 좋을 거예요."

여전히 갈등하고 있는 관유정을 확인한 진풍이 히죽 웃었다.

"그나저나 백일장에 속한 무인들이 꽤 많네요."

"내…… 명성을 믿고 찾아온 자들일세."

"정말요?"

"무슨 뜻인가?"

"사기를 친 거겠죠."

"사기라니!"

"소문을 듣자하니 백일장에 들어오면 백 일 안에 고수가 될 수 있다고 하던데. 내가 알고 있는 게 맞아요?"

"맞네."

관유정이 힘껏 고개를 끄덕였지만, 진풍은 코웃음을 쳤다.

"그게 가능할까요?"

"좋은 스승의 지도하에 열심히 수련만 한다면 불가능한 것은 아닐세."

"열심히 수련만 한다고 해서 고수가 될 순 없죠. 그럼 이 강호에는 고수들이 득실거릴 테니까."

"……."

"그리고 내가 알고 있는 그쪽은 좋은 스승이 아니에요. 제자가 죽든 말든 상관하지 않고 자기 잇속만 챙기는 사람이니까."

"그게 무슨……!"

"잠력격발술이겠죠!"

관유정의 말을 도중에 자르며 진풍이 힘주어 말했다.

그리고 잠력격발술에 대해 들은 관유정의 표정이 딱딱하게 굳어졌다.

당황한 기색이 역력한 표정을 감추지 못한 채 관유정이 변명했다.

"잠력격발술이라니? 그게 무슨 소리인가?"

"지금 발뺌하는 거예요?"

"무슨 소리를 하는 건지 도통 영문을 모르……."

"그럼 한 번 물어볼까요?"

"……?"

"진원진기를 끌어내서 사용하기 위해서는 진기를 운공하는 혈의 순서가 일반적인 운기법과는 반대였죠. 백일장의 무인들이 익힌 진기의 운공 순서는 어떤지 확인해 보면 내 말이 틀렸는지 아닌지 금세 알 수 있겠죠."

정곡을 찔려서일까.

가뜩이나 굳어져 있던 관유정의 표정이 일그러졌다.

그리고 잠시 망설이던 관유정이 작은 목소리로 물었다.

"원하는 게 뭔가?"

"내 예상이 맞았나 보네요."

"원하는 게 뭐냐니까?"

"큰 건 아니에요. 당신 때문에 잃어버린 것만 돌려받을 거예요."

"나 때문에 잃은 것? 그게 대체 뭔가?"

"우선 백화장이죠."

"……?"

"당신 덕분에 백화장이 폭삭 망했다고 아까 말했잖아요. 당신이 염왕채와의 질기디질긴 인연을 끊어 내고 잘 먹고 잘사는 사이에, 당신을 대신해서 백화장의 장주인 아버지가 염왕채에 시달렸어요."

청해삼절에게 지나치게 과한 수업료를 지불하기 위해서 무리하게 염왕채를 끌어 쓴 탓에 백화장은 그동안 염왕채에 시달렸다.

주름 한 점 없던 아버지의 이마에 패인 깊은 주름이 그간 염왕채로 인한 마음고생이 얼마나 심했는지 알려 주고도 남았다.

그래서 진풍이 말을 끝맺자마자 관유정이 못마땅한 기색을 드러냈다.

"그건 내 탓이 아니라……."

"물론 당신 탓만은 아니죠. 어머니의 욕심이 과했던 것은 사실이었으니까."

"내 말이 바로 그걸세! 엄밀히 따지자면 이건 내 탓이 아니라 자네 어머니가 자기 자식의 주제도 모르고 너무 욕심을 부린 탓에……."

"아니, 어머니의 눈은 정확했어요."

"그게 무슨 뜻인가?"

"내가 기재가 맞단 말이죠."

예전에 동괴 사부는 백년에 한 번 나올까 말까 한 기재라는 사탕발림을 연신 날리며 자신을 꾀었다.

당시만 해도 그저 사탕발림인 줄 알았다.

그러나 동괴 사부를 제외한 나머지 사부들도 진풍이 기재라는 사실을 인정했다.

"그나마 사람 구실을 하게 된 것만 해도 네가 무공에 꽤 재능이 있었기 때문이다."

허언이나 농담과는 거리가 먼 북괴 사부가 이리 말했으니, 진풍이 기재인 것은 틀림없는 사실이었다.

하지만 관유정은 코웃음을 치고 있었다.

그리고 그 모습을 확인하고 나니 빈정이 상했다.

자신이 기재라는 사실조차도 전혀 알아보지 못하는 관유정에게 거액의 수업료를 지불했다는 사실이 진풍을 더욱 화나게 만들었다.

"못 믿겠나 보죠?"

"그게 아니라…… 그래, 내가 어찌했으면 좋겠는가?"

"백화장을 다시 일으켜 세워야겠어요."

"백화장을? 무슨 수로?"

"당신이 도와야죠."

"내가? 왜?"

"당신 때문에 망했으니 당신이 책임져야죠."

"그런 억지가 대체 어디……."

"그럼 어디 한 번 말해 볼까요?"

"……?"

"당신을 믿고 백일장으로 들어온 사람들에게 속았다고 알려 줄까요? 진원진기가 손상돼서 머잖아 폐인이 될 거라고 알려 줘요?"

진풍의 협박을 들은 관유정이 표정을 일그러트렸다.

그리고 입술을 꽉 깨문 채 대답했다.

"알겠네. 백화장이 다시 일어설 수 있도록 내가 돕겠네."

"진즉에 그럴 것이지."

"그럼 이제 다 된 건가?"

관유정의 말을 듣고서 이번에는 진풍이 코웃음을 쳤다.

"인생 참 쉽게 사시려고 하시네요."

"응?"

"그렇게 쉽게 끝날 것 같아요?"

"또 있나?"

"당연히 있죠."

"어서 말해 보게."

"배가 아파요."

"아니! 하다하다 자네 배가 아픈 것까지 날 보고 책임지라는 건가?"

"그래요."

잠력격발술을 전수한 관유정 탓에 진원진기가 크게 손상을 입었다.

그로 인해 하마터면 죽을 뻔한 위기를 간신히 넘겼고, 이렇게 사람 구실을 할 수 있게 되기 위해서 지옥 같은 시간을 보내 왔다.

그런데 진풍과 백화장을 이렇게 고생하게 만든 원흉이었던 관유정은 그동안 잘 먹고 잘살았다는 사실을 알고 나자 배가 아파서 견디기 힘들었다.

"백일장의 문을 닫으세요."

"지금 뭐라고 했나?"

"백화장을 정리하라고요."

"그게 무슨 말도 안 되는 요구인가?"

"싫어요? 그럼 저기 서 있는 백일장의 관원들한테 당신에게 전부 속았다고 친절하게 알려 줄까요?"

"그건…… 후우, 알겠네."

이제 모든 걸 체념해서일까?

관유정은 의외로 빨리 포기했다.

그리고 힘없는 목소리로 덧붙였다.

"혹시…… 또 있나?"

"하나 남았어요."

"말해 보게."

"백일장의 문을 닫고 백화장으로 찾아와요."

"백화장? 거긴 왜 찾아오란 건가?"

영 내키지 않는 표정으로 관유정이 질문하는 것을 들은 진풍이 히죽 웃으며 대꾸했다.

"백수잖아요?"

"백수…… 라니? 엄연히 백일장의 장주라는 직책을 가지고 있는데 대체 내가 왜 백수란 말인가?"

정색한 표정으로 따지듯이 묻고 있는 관유정을 확인한 진풍이 매섭게 쏘아붙였다.

"기억력이 별로네요. 아까 백일장 문을 닫기로 했잖아요."

"큼큼! 그야 그랬지."

"일단 이 상황을 모면하려고 그냥 했던 말이었나 보네요. 역시 백일장 문을 닫지 않을 생각이었어요."

"그런 게 아니라…"

"어쨌든 백화장으로 와요."

"대체 왜 백화장으로 찾아오란 말인가?"

"일자리를 주려고요."

진풍은 관유정을 이용할 기막힌 계획을 떠올렸다.

그래서 기분 좋게 웃고 있을 때, 관유정이 부탁했다.

"내게…… 시간을 좀 주게."

"정확히 보름을 드리죠."

"고맙네."

진풍이 부탁을 들어주자, 관유정의 두 눈에 안도의 빛이 스치고 지나갔다.

그리고 두 눈을 번뜩이며 의미심장한 웃음을 짓고 있는 관유정을 확인한 진풍도 의미심장한 웃음을 지었다.

보름은 꽤 긴 시간이었다.

관유정은 어렵게 번 보름이라는 시간을 그냥 흘려보낼 리 없다.

분명히 어떤 꿍꿍이를 벌일 것이 틀림없었다.

모르긴 몰라도 청해삼절에 속한 아우들을 모두 불러 모은 다음 치사한 방법을 쓸 확률이 높았다.

하지만 걱정되지는 않았다.

오히려 그게 진풍이 바라던 바였다.

"자, 그럼 보름 뒤에 보죠."

진풍이 인사하듯 관유정의 어깨를 두드린 후 먼저 돌아섰다.

그런 진풍의 등 뒤로 관유정의 따가운 시선이 느껴졌다.

☯

명월상단과 첫 거래를 튼 덕분일까?

백일장에 표물을 무사히 전하고 나서 다시 맹호표국으로 돌아오는 내내 방천호의 입은 귀에 걸려 있었다.

그리고 이번 표행에 참여해서 대단한 활약을 펼친 특별한 쟁자수들에게 넉넉한 포상금을 건넸다.

"다들 고생했네. 누누이 말했지만 난 능력 있는 인재들을 대우하는 데 인색하지 않다네. 오늘은 모두 실컷 마시게!"

방천호에게서 대표로 포상금을 받은 선만섭이 액수를 확인하고 나서 입이 귀에 걸린 채 제안했다.

"우리 특별한 쟁자수들끼리 한잔하도록 하세. 현 아우, 어떤가?"

"뭐, 그러죠."

현무빈이 마지못한 표정으로 대꾸했다.

"남궁 아우, 어떤가?"

"난 당신 아우가 아니오."

"거, 까칠하기는."

"그리고 내 성은 남궁이 아니오. 성은 남, 이름이 궁도요."

"알겠네. 남궁 아, 아니, 남 아우. 어쨌든 이렇게 함께 일하게 된 것도 인연인데 같이 한잔하는 게 어떤가?"

"정 그리 청하니 같이 마셔 주겠소."

남궁도의 허락을 어렵게 득한 선만섭이 못마땅한 표정을 지은 채 혼잣말을 작게 중얼거렸다.

"새끼. 지가 사는 것도 아니면서 더럽게 비싸게 구네."

"지금 뭐라고 했소?"

"아닐세. 우리 아우님은 당연히 함께 갈 테니 다들 출발하세. 내가 기가 막힌 곳을 알아 뒀다네."

자신의 의사는 묻지도 않고 벌떡 일어나서 나갈 채비를 하는 선만섭을 바라보던 진풍이 잠시 망설였다.

'가야 하나?'

진풍이 망설이는 이유는 아직 할 일이 남아 있었기 때문이었다.

이번 표행 도중에 천살귀를 포함한 마교의 인물들이 나타났던 이유는 명월상단에서 맡겼던 표물 때문이 아니었다.

"서순풍이 누구냐?"

천살귀는 표행을 가로막고 나서 다짜고짜 형의 이름을 꺼냈다.

그리고 천살귀의 입에서 형의 이름이 흘러나온 순간, 진풍은 대충 돌아가는 상황을 짐작했다.

'거 참, 말귀 못 알아듣는 양반이네!'

진풍이 허영생을 떠올렸다.

두 눈을 이리저리 굴리고 있던 허영생이 더 이상 자신과 백화장에 대한 관심을 끊으라는 자신의 경고를 무시한 게 틀림없었다.

'보진단을 먹고 날씬하게 변한 날 보고 형이라 판단했겠지!'

진풍이 머리를 긁적였다.

사부들은 틈날 때마다 강호에 대해서 일러 주었다.

그 가운데는 마교에 대한 이야기도 있었다.

그리고 진풍이 사부들에게 들었던 마교는 한 번 물면 절대 놓지 않는 사냥개처럼 아주 집요한 곳이었다.

아마 이대로 포기하지는 않을 터였다.

만약 천살귀가 실패했다는 소식이 전해지고 나면, 다시 백화장으로 찾아올 가능성이 높았다.

그리고 그때는 가족들이 위험에 처할 수도 있었다.

'그렇게 되도록 내버려 둘 순 없지.'

마교가 움직이기 전에 먼저 움직이는 것이 옳았다.

그렇지만 진풍은 일단 앞장서서 움직이는 선만섭을 따라나섰다.

아직 천살귀가 죽었다는 사실을 모르는 허영생은 섣불리 움직이지 않을 것이라는 판단이 들었기 때문이었다.

'몇 시진 정도는 괜찮을 거야!'

진풍이 이번 술자리에 따라나서는 이유는 하나였다.

맹호표국에 속해 있는 특별한 쟁자수들에 대해서 좀 더 알고 싶었기 때문이었다.

"자, 이제 거의 다 왔네."

보무도 당당하게 앞장서서 걷던 선만섭이 일행을 이끌고 도착한 곳은 뜻밖의 장소였다.

노상객잔.

후미진 골목 어귀 공터에 위치한 노상객잔은 솔직히 말

해서 객잔이라고 부르기도 애매했다.

비를 막아 줄 천막조차 없었고, 대충 길바닥에 세워 놓은 기울어진 낡은 탁자와 의자 몇 개가 전부였다.

주름이 자글자글한 노인 혼자서 음식을 만들고 나르기까지 하는 노상객잔에는 선객이 아무도 없었다.

주인장인 노인은 일행이 찾아온 것을 코앞에서 목도했음에도 불구하고 인사조차 건네지 않았다.

시커멓게 그을린 솥에다가 누런 기름을 쏟아부었을 뿐이었다.

"뭣들 하나? 어서들 앉아."

선만섭이 탁자 하나를 차지한 후에 어서 앉으라고 재촉했지만, 아무도 선뜻 자리에 앉지 않았다.

영 마뜩잖은 표정으로 노상객잔을 구석구석 살피던 현무빈이 물었다.

"방 국주에게서 돈은 넉넉히 받은 걸로 알고 있는데. 왜 하필 이런 곳이오?"

방천호는 통이 작은 사내가 아니었다.

그라면 일행이 최고의 객잔에서 마음껏 술과 음식을 즐기고도 남을 정도로 돈을 넉넉히 건넸으리라.

"여기가 어때서?"

"몰라서 묻소?"

"현 아우가 아직 어려서 뭘 몰라서 그러는 걸세. 얼핏 보기에는 허름해 보이는 노상 객잔이지만 고즈넉한 달빛을 벗 삼아 마신다면 이만큼 분위기가 좋은 곳이 없다네. 게다가 현 아우도 곧 알게 되겠지만, 주인장의 음식 솜씨가 기가 막히다네. 돼지고기 볶음이 가히 예술의 경지에 올랐지."

"……."

"그리고 하나 더. 주변의 이목을 신경 쓰지 않고서 마음껏 이야기를 나누기에는 이만한 곳이 없다네. 주인장이 어릴 때 열병을 앓은 탓에 귀가 거의 들리지 않는 편이거든. 자, 그러니 더 사양하지들 말고 어서들 앉게."

선만섭이 재차 재촉하자, 그제야 모두들 의자에 엉덩이를 붙였다.

진풍도 의자에 앉은 채 주변을 둘러보았다.

선만섭이 한 말들이 전부 거짓말은 아니었다.

고즈넉하게 내려앉은 달빛은 은은했고, 이마를 스치고 지나가는 시원한 바람에 섞인 공기도 맑았다.

그리고 결정적으로 냄새가 기가 막혔다.

화르륵!

시커먼 솥에서 만들어지고 있는 돼지고기 볶음이 풍겨내는 고소한 냄새에 진풍의 정신이 온통 팔렸을 때, 노인이 완성된 돼지고기 볶음을 들고 걸어왔다.

"나왔다!"

노인이 들고 온 접시는 컸다.

커다란 접시에 담겼음에도 불구하고 혹시 넘치지 않을까

걱정될 정도로 푸짐한 돼지고기 볶음을 탁자 위에 내려놓는 노인에게 선만섭이 물었다.

"왜 이리 양이 많소?"

노인은 그 질문에 대답하는 대신, 진풍을 물끄러미 응시했다.

그 눈빛에 담긴 의미를 파악한 선만섭이 껄껄 웃었다.

"아우님이 뚱뚱한 게 꼭 나쁜 것만은 아니구만. 아우님 덕분에 배가 터지도록 먹을 수 있겠어."

접시를 탁자 이에 내려놓은 노인이 조용히 사라지고 나자, 선만섭이 술병을 들고 잔을 나눠 주었다.

"대체 어떤 사연을 가졌는가는 모르지만, 이런 곳에서 만나서 함께 일하게 된 것도 인연이니 일단 다들 잔을 들어 건배나 하세."

짜쟁!

선만섭이 먼저 내민 잔에 모두 잔을 부딪혔다.

그리고 단숨에 비워 버린 잔을 내려놓기 무섭게, 선만섭이 다시 입을 뗐다.

"달빛도 고즈넉한 덕분에 술맛이 기가 막히는구만. 그래서 말인데…… 우리 좀 솔직해지는 게 어떨까?"

"……."

"……."

"……."

"맹호표국에서 쟁자수로 썩기에는 너무 아까운 실력들을

가지고 있다는 사실 정도는 모두 알고 있을 테고. 아, 아우님은 제외일세. 그럼에도 불구하고 맹호표국에서 쟁자수를 하고 있는 데는 다 이유가 있을 터. 그 사연들을 솔직히 털어놔 보자는 걸세."

선만섭이 제안했지만 아무도 선뜻 입을 열지 않았다.

어쩌면 당연한 것이었다.

맹호표국에 속해 있는 쟁자수라는 공통점이 있었지만, 아직 만난 지 얼마 지나지 않은 상황.

서로를 믿고 속내를 드러내기에는 너무 일렀다.

아무런 반응이 없는 것을 확인한 선만섭의 낯빛이 어두워졌을 때, 현무빈이 가장 먼저 입을 뗐다.

"그럼 선 형부터 시작하시오."

"응?"

"선 형 먼저 솔직히 사연을 털어놓는다면 나도 그리하겠소."

"정말인가?"

"그렇소."

"현 아우만 약조해서는 아무 의미가 없지. 남궁, 아니, 남 아우와 아우님도 약조하겠나?"

남궁도와 진풍이 고개를 끄덕이는 것을 확인한 선만섭이 아까 채워 놓은 술잔을 들어 올려 입으로 가져갔다.

"나야 뭐…… 별 것 없네."

선만섭이 술잔을 비운 후, 마지못한 표정으로 자신의 이야기를 꺼내 놓기 시작했다.

"누명을 썼네. 억울한 누명을 쓰고 도망치는 중에 몸을 숨길 곳이 필요했네. 쫓기다 보니 청해성까지 굴러 들어왔고, 마침 맹호표국의 쟁자수로 지내고 있네. 별로 재미는 없겠지만 이게 다일세."

갈증이 나서일까?

다시 빈 술잔을 채우던 선만섭이 진풍을 바라보며 입을 뗐다.

"다음 차례는 아우님이네. 아우님은 어떤 사연을 가지고 있는가?"

"난 말하지 않을 건데요?"

"말하지 않겠다고?"

선만섭의 가지런한 눈썹이 꿈틀했다.

그리고 살짝 언성을 높였다.

"아까는 분명히 내가 먼저 이야기를 시작하면 솔직히 말하겠다고 약조를 하지……."

"거짓말을 한 것은 형님이 먼저예요."

"……?"

"형님은 이름부터 가짜니까."

술병을 기울이고 있던 선만섭의 움직임이 그대로 멈추었다.

콸콸콸.

작은 술잔을 금세 가득 채운 술이 탁자 위로 넘쳐흐르고 있었지만, 선만섭은 그조차도 깨닫지 못했다.

그런 선만섭에게서 시선을 떼지 않은 채, 진풍이 덧붙였다.

"섭선을 사용하는 고수는 흔치 않죠. 멋으로 들고 다니는 자들이 있기는 하지만, 제대로 섭선을 사용하는 사람은 드물다고 사부들이 말했어요. 그리고 사부들은 덧붙이셨어요. 섭선을 쓰는 놈들 가운데 제대로 된 놈은 세 손가락 안에 꼽을 수 있다고."

"……"

"형님은 그중 한 사람이에요. 그리고 진짜 이름은 선만섭이 아니라 선대수겠죠."

쨍그랑.

선만섭의 손에 들려 있던 사기로 만든 술병이 바닥에 떨어지며 산산조각 났다.

그리고 놀란 표정을 감추지 못 하고 있는 그를 향해 진풍이 덧붙였다.

"색협 선대수. 맞죠?"

5장
이건 미친 짓이야

잠시 선만섭이라는 가명으로 살아왔다.

하지만 선만섭으로 살아온 시간이 얼마 되지 않아서일까?

선만섭이라는 이름은 귀에도 입에도 착 달라붙지 않았다.

그에 반해 선대수란 이름은 익숙했다.

하마터면 질문을 던졌던 서진풍에게 자신의 이름이 선만섭이 맞다고 고개를 끄덕일 뻔했을 정도로.

쨍그랑.

사기로 만든 술병이 바닥에 떨어지며 산산조각이 난 후에야, 선대수는 간신히 상념에서 깨어날 수 있었다.

'어쩌지? 죽여야 하나?'

선만섭이 갈등하기 시작했다.

선대수라는 이름과 달리 색협이라는 별호는 낯설었다.

한때 그렇게 불렸던 적이 있었다.

그렇지만 이미 옛날이야기였다.

지금은 자신의 이름 앞에 다른 별호가 붙어 있었다.

색협이 아닌, 색마라는 별호.

'역시 죽여야겠지?'

색협 대신 색마라는 별호가 붙은 순간, 선대수는 무림공적이나 다름없는 신세가 됐다.

분명히 억울한 누명을 썼지만, 자신이 누명을 썼다는 것은 중요하지도 않았고, 어느 누구도 관심을 기울이지 않았다.

무작정 쫓기기 시작했다.

일단 청해성에 위치한 맹호표국으로 들어와서 쟁자수로 신분을 감춘 채로 살아가고 있었는데.

자칫하면 그 노력이 물거품이 될 위기에 처해 있었다.

'대체 어떻게 알았지?'

선대수가 히죽 웃으며 자신을 바라보고 있는 서진풍에게 의아한 시선을 던졌다.

자신의 독문병기는 섭선이 맞았다.

하지만 약 십 년 전부터는 섭선을 사용하지 않았다.

그래서 이번에 섭선을 사용하더라도 아무도 자신의 정체

를 알아내지 못할 거라고 판단했다.

그리고 그 판단은 옳았다.

선대수가 표행 도중 나타난 마교도들을 상대하기 위해서 섭선을 사용했지만, 어느 누구도 자신의 정체를 알아내지 못했다.

그래서 안심하고 있었는데…….

전혀 신경을 기울이지 않던 서진풍에게 정체가 발각된 것이었다.

"아우님."

"말하세요."

"언제부터 알았나? 혹시 처음부터 알고 접근했던 건가?"

"아까 말했잖아요. 이번에 섭선을 사용하는 것을 본 덕분에 알았다고."

"그 말을 믿으라는 건가?"

"믿어도 돼요."

"하지만……."

"그리고 내가 왜 형님에게 일부러 접근해요?"

"그야 내가……."

'색마 선대수니까.'라는 대답은 마지막 순간에 삼켰다.

그리고 서진풍에게로 향해 있던 시선을 뗀 선대수가 현무빈과 남궁도를 힐끗 살폈다.

아까도 말했지만 이미 자신은 무림공적이나 다름없는 신세.

선대수라는 자신의 이름을 들었으니 현무빈과 남궁도가 자신을 알아보지 못할 리가 없었다.

'날 죽이려 들겠지?'

그럴 가능성이 높았다.

그래서 잔뜩 긴장한 채 두 사람의 반응을 살피던 선대수가 두 눈을 가늘게 떴다.

자신의 진짜 정체를 알았음에도 불구하고 현무빈과 남궁도는 허리에 걸려 있던 병기를 꺼내 들지 않았다.

현무빈은 젓가락을 들어서 돼지고기 볶음을 뒤적거리고 있었고, 남궁도는 술잔을 입으로 가져가고 있었다.

예기치 못했던 반응.

그래서 선대수는 더욱 혼란스러워졌다.

"현 아우."

"말하시오."

"선대수라는…… 이름을 들어 본 적 없나?"

"꼭 알아야 하오?"

"응?"

"내가 모르는 게 이상할 정도로 유명한 사람이오?"

젓가락으로 돼지고기 볶음을 한 점 집은 채, 현무빈은 대수롭지 않게 물었다.

"그건 아닐세."

"그럼 됐소."

"그렇지만……."

"난 내 일을 신경 쓰기에도 바쁜 사람이오."

"그래, 음식 맛이 괜찮으니 어서 많이 드시게."

현무빈이 돼지고기 볶음을 입속으로 밀어 넣는 것을 지켜보던 선대수가 다음으로 남궁도에게 시선을 던졌다.

"혹시 날 알고 있나?"

"미안하지만 알고 있소."

남궁도가 술잔을 탁자 위에 내려놓으며 가볍게 대꾸했다.

그 대답을 들은 선대수가 짤막한 한숨을 토해 냈다.

남궁도가 자신의 정체에 대해서 알고 있으니, 바람대로 그냥 어물쩍 넘어가기는 어려울듯 보였다.

"근데 왜 검을 들지 않는 건가?"

"내가 검을 들어야 하는 이유가 있소?"

"응?"

"당신이 색마든 색협이든 나와는 상관없소. 내가 관심이 있는 것은 당신이 아니라 맹호표국이니까."

"진심인가?"

"그렇소."

남궁도는 딱 잘라 말했다.

하지만 선대수는 그 말을 순순히 믿기 어려웠다.

그래서 몇 번씩이나 되묻고 나서야 남궁도가 진심이라는 것을 간신히 알아챌 수 있었다.

이제 남은 것은 한 사람.

선대수가 마지막으로 서진풍을 향해 다시 시선을 던졌다.

이미 탁자 위에서 오가고 있던 대화에는 관심을 끊고 돼지고기 볶음을 입속 가득 밀어 넣기 바쁜 서진풍을 빤히 바라보던 선대수가 조심스럽게 물었다.

"아우님은 어쩔 생각인가?"

"뭘요?"

"그러니까…… 이 형님을 죽일 생각인가?"

선대수가 어렵게 꺼낸 질문을 들은 서진풍이 입안 가득 머금고 있던 돼지고기 볶음을 우물우물 씹으며 머리를 긁적이며 대답을 망설였다.

잠시 이어지는 침묵.

선대수가 긴장의 끈을 놓지 못하고 있을 때, 마침내 돼지고기 볶음을 모두 삼킨 서진풍이 입을 열었다.

"정자가 좀 비좁긴 해요."

'정자가 비좁다?'

그 대답을 들은 선대수의 표정이 굳어졌다.

전혀 예상치 못했던 대답.

그래서 그 말에 담긴 뜻을 파악하는 데 시간이 조금 걸렸다.

서진풍은 맹호표국 내에 위치한 명당이라 불리는 꽤 넓은 정자가 비좁게 느껴질 정도로 체구가 육중했다.

그 정자를 편히 쓰기 위해서는 혼자 사용해야 했다.

즉, 함께 그 정자를 쓰고 있는 자신이 사라져야 했다.

결국 자신을 죽이겠다는 말을 슬쩍 돌려서 표현한 대답이리라.

한참만에 서진풍의 말뜻을 파악한 선대수가 품속에 넣은 섭선으로 손을 가져갈 때였다.

"그런데 아까워요."

"뭐가 아깝단 말인가?"

"형님을 상대하려면 보진단을 먹어야 하거든요. 그러기에는 너무 아깝다는 뜻이에요."

"보진단? 그게 뭔가?"

"설명하자면 길어요."

"……?"

"그냥 그런 게 있어요."

귀찮은 기색으로 대충 얼버무리며 다시 젓가락을 들고 돼지고기 볶음을 뒤지고 있는 서진풍에게서는 전혀 살기가 느껴지지 않았다.

그래서 섭선을 쥐었던 손을 뗀 선대수가 확인하기 위해 다시 물었다.

"그러니까 보진단이라는 게 아까워서 날 죽이지 않겠다는 건가?"

"맞아요."

"……."

"그리고 꼭 그 이유 때문만은 아니에요."

"다른 이유는 뭔가?"

"형님은 좋은 강호인이잖아요."

선대수가 막 술잔으로 가져가던 손을 멈추며 흠칫했다.

강호에서 활동한 지 어언 이십 년 가까운 시간이 흘렀다.

그리고 그 활동의 대가로 자신의 이름 석 자 앞에는 색마라는 흉측한 별호가 따라붙어 있었다.

"내가 좋은 강호인이라고?"

"북괴 사부가 그랬어요."

"북괴 사부?"

"이것도 설명하자면 긴데…… 어쨌든 북괴 사부가 말했어요. 색협 선대수는 좋은 강호인이라고."

선대수가 술잔을 움켜쥐었지만 선뜻 들어 올리지 못한 채 만지작거렸다.

자신의 이름 석 자 앞에 색협이란 별호가 따라붙었던 적도 있다.

하지만 지금은 색협이란 별호를 기억하는 사람이 드물다.

모두들 자신의 이름 앞에 붙어 있는 색마라는 흉측한 별호만을 기억했다.

'난 달라졌던 걸까?'

술이 반쯤 남아 있는 술잔을 손끝으로 매만지던 선대수가 스스로에게 질문을 던졌다.

색협이라는 별호가 붙어 있던 예전이나, 색마라는 흉

측한 별호가 붙어 있는 지금이나 달라진 것은 전혀 없었다.

달라진 것은 딱 하나!

세상에 절대 알려져서는 안 될 비밀을 알게 된 것뿐이다.

그리고 그 비밀을 알게 된 대가로 누명을 쓰고 무림공적이나 다름없는 신세로 바뀌어 있었다.

자신의 신세가 갑자기 처량하게 느껴진 선대수가 아까부터 매만지기만 하던 술잔을 들어 올려 입으로 가져갔다.

오늘따라 유난히 쓴 술을 삼키며 선대수가 입을 뗐다.

"아까 북괴 사부라고 했나? 아우님의 사부가 잘못 알고 있네. 지금 난 색협이 아니라 색마라 불리고 있네."

"북괴 사부는 틀린 말을 하지 않아요."

"하지만……."

"그리고 내가 곁에서 지켜봤기 때문에 알아요."

"……?"

"형님은 좋은 강호인이에요."

서진풍이 덧붙인 이야기를 들은 선대수가 두 눈을 질끈 감았다.

누명을 쓰고 쫓기기 시작한 후로 늘 외로웠다.

그리고 중원의 모든 강호인들이 자신을 죽이기 위해서 뒤를 쫓고 있다는 생각 때문에 두려움에 떨었다.

오죽하면 잠을 편히 잔 날이 거의 없었다.

그런 와중에 처음으로 위로를 받게 되자, 자꾸 눈에 습기가 차올랐다.

"눈에 먼지가 들어갔군."

괜히 먼지 탓을 하며 선대수가 소매를 들어 눈가를 닦아냈다.

그리고 서진풍을 향해 진심을 담아 말했다.

"아우님, 고맙네. 정말 고마워……."

선대수가 벌떡 일어나 새 술병을 갖고 탁자로 돌아왔다.

"오늘은 코가 삐뚤어질 때까지 마시세. 내가 사지."

"말은 바로 해야죠."

"응?"

"방 국주가 준 돈으로 마시는 거죠."

"하하, 그렇군!"

선대수가 크게 웃으며 술병을 들었다.

처음 이 술자리를 마련한 의도는 범상치 않은 실력을 가졌음에도 맹호표국에 쟁자수로 몸담고 있는 현무빈과 남궁도, 그리고 서진풍에 대해서 알아보기 위함이었다.

하지만 그 의도는 빗나갔고, 오히려 자신의 정체만 드러나고 말았다.

그러나 나쁘지 않았다.

적어도 이들이 자신을 왜곡된 시선으로 바라보고 있지 않다는 것을 확인했으니까.

그리고 이들이 자신에게 검을 들이대지 않을 것임을 확

인했으니까.

밤은 길었다.

아직 이야기를 들을 시간은 충분히 남아 있었다.

그 사실을 깨달은 선대수가 오랜만에 편히 웃으며 다시 술병을 들어 올렸을 때였다.

"고맙죠?"

서진풍이 빤히 바라보며 물었다.

그 시선을 마주한 순간, 선대수는 불길한 예감이 불쑥 깃들었다

"물론 고맙네만…… 왜 그러는가?"

"고마우면 내 부탁 하나만 들어줘요."

"부탁?"

"들어줄 거예요?"

"아우님의 부탁이라면 당연히 들어줘야지."

"정말이죠? 약속했어요?"

자꾸 확인하고 있는 서진풍을 보고 있자니 선대수의 불안감은 점점 더 부피를 키워 갔다.

그러나 남아일언은 중천금인 법.

선대수가 고개를 힘차게 끄덕이며 물었다.

"그 부탁…… 대체 뭔가?"

"별거 아니에요."

서진풍은 대수롭지 않게 말했다.

그런데 왜일까?

선대수의 불안감은 극으로 치달아 갔다.

그리고 잠시 뒤, 서진풍이 마침내 그 부탁의 정체를 밝혔다.

"마교 청해지단으로 찾아갈 건데 좀 도와줄래요?"

◉

허영생이 손을 들어 조심스럽게 오른쪽 귀로 가져갔다.

재물을 불러 준다는 속설이 있기에 습관처럼 만지작거렸던 두툼한 귓불은 이제 흔적도 없이 사라져 버렸다.

'그 빌어먹을 새끼!'

상처 치료가 완전히 끝났음에도 불구하고, 여전히 귀는 아팠다.

이명도 들리고 욱씬욱씬 쑤셔서 꼬박 며칠을 뜬눈으로 밤을 지새웠다.

그리고 이렇게 귀가 욱씬거릴 때마다, 자신에게 지독한 고통을 안겨 주었던 그놈이 떠올랐다.

"천살귀로부터의 연락은 아직인가?"

그래서 허영생이 인상을 쓰고 있을 때, 척운경이 물었다.

"아직입니다."

"왜 아직까지 연락이 없는 거야?"

"글쎄요……."

천살귀가 먼저 연락을 하지 않는데, 그 이유까지 허영생이 알 수 있을 리 없었다.

다만 짐작은 할 수 있었다.

천살귀는 수하들을 잔뜩 이끌고 그놈, 서순풍을 찾아 나섰다.

맹호표국에서 표두로 일하고 있는 서순풍이 마침 표행에 나섰다는 소식을 들은 천살귀는 바로 표행을 뒤쫓았다.

예정대로라면 이미 하루 전에 서순풍이라는 놈이 속해 있는 맹호표국의 표행과 맞닥트렸으리라.

그리고 이미 서순풍이란 놈을 죽이고도 남았을 시간이었다.

'그 성격에 그 정도로 끝낼 리가 없지."

천살귀의 지랄 맞은 성격에 대해서 누구보다 잘 알고 있는 허영생이 슬그머니 입꼬리를 말아 올렸다.

살심이 하늘을 찌를 정도인 천살귀가 그런 수모를 겪었는데, 서순풍이라는 놈 하나를 죽이는 걸로 끝낼 리가 없었다.

모르긴 몰라도 천살귀라면 서순풍의 본가인 백화장을 초토화시킨 걸로 모자라, 맹호표국까지 끝장을 내기 위해 찾아갔으리라.

"살심을 달래느라 정신이 없는 것 같습니다."

"천살귀라면 그러고도 남지. 곡소리 좀 나겠군."

"그렇습니다."

"그런데 표정이 왜 그래? 사내새끼가 귓불 좀 잘려 나간 것 가지고 엄살은."

"그게 아니라…… 걱정되는 일이 있어서 그렇습니다."

"뭔데?"

"무림맹 청해지부장이 가만히 있을까요?"

척운경의 명령을 받은 천살귀는 무림맹 휘하 용봉단에 속해 있던 모용수린을 납치했었다.

당시에 납치한 흔적을 전혀 남기지 않았기에 살인멸구만 제대로 했다면 아무 문제도 없었으리라.

그러나 뒤처리가 깔끔하지 못했다.

모용수린은 살인멸구를 하기 전에 구출을 당했고, 덕분에 무사히 마교 청해지단을 빠져나가 버렸다.

그리고 모용수린이 납치 사건에 마교가 관여되어 있었다는 사실을 함구할 확률은 극히 낮았다.

무림맹 청해지부의 지부장인 유성용에게 그 사실을 알렸을 터였고, 이것은 무림맹에서 마교 청해지단을 칠 명분이 되기에 충분했다.

'개똥도 약에 쓰려면 없다더니!'

허영생은 같은 마교도임에도 불구하고 천살귀가 싫었다.

지랄 맞고 괴팍한 성격에 질릴 대로 질렸기 때문이었다.

그러나 지금은 천살귀가 어서 돌아왔으면 하고 바랐다.

무림맹 청해지부장인 유성용이 작심하고 쳐들어왔을 때, 천살귀는 큰 힘이 될 것이기 때문이었다.

"걱정할 것 눈곱만큼도 없어."
그렇지만 척운경은 대수롭지 않게 대꾸했다.
"내가 유성용에 대해서 좀 아는데 그놈은 절대 여기 못 쳐들어와."
"왜요?"
"야!"
"네, 단주님!"
"내가 단주 맞지?"
"당연하죠."
"그리고 넌 군사 맞지?"
"맞습니다. 그런데 그리 당연한 걸 왜 물으시는 겁니까?"
"그래, 네 말대로 당연한 일이지."
"그럼요."
"그런데 왜 단주인 내가 군사인 네놈에게 이딴 걸 일일이 설명해 줘야 해? 이게 당연하다고 생각해?"
"가만히 듣다 보니 좀 이상하네요."
"그렇지?"
'그냥 말해 주면 될걸. 생색은.'
속에서는 부글부글 끓었지만, 허영생은 웃으며 말했다.
"얼른 그 이유를 알려 주시죠."
"딱 한 번만 말할 테니까 귀 씻고 잘 들어. 유성용 그놈은 그럴 배짱이 없어. 더럽게 소심하거든."

"……."

"영웅이 되는 것보다 자리보전하는 데 더 급급한 놈이야. 여기저기 눈치만 살피다가 결국 칼은 뽑아 보지도 못할걸? 기껏해야 항의 방문 정도 한번 하겠지."

척운경이 확신에 찬 목소리로 꺼낸 말을 듣고 나니, 어느 정도 안심이 되었다.

그래서 허영생이 안도의 한숨을 내쉬고 있을 때였다.

"크악!"

"끄아악!"

고요하게 가라앉은 밤공기를 깨트리는 비명 소리가 들려왔다.

그 비명 소리를 들은 허영생이 척운경에게 원망 섞인 눈초리를 던졌다.

"왜 그렇게 봐?"

"단주님이 틀리신 것 같은데요?"

"내가 틀렸다고?"

"아무래도 유성용이 움직인 것 같은데요."

비명 소리를 들은 척운경이 고개를 갸웃거리며 입을 뗐다.

"거, 참 이상하네……. 분명히 그럴 배짱이 없는 놈인데. 그건 그렇고 너!"

"왜요?"

"단주한테 그렇게 건방진 시선을 던져도 돼?"

척운경이 버럭 소리를 질렀지만, 이번에는 허영생도 기죽지 않고 대꾸했다.

"지금 그게 중요한 게 아니지 않습니까?"

"뭐, 그렇긴 하지. 일단 이거부터 해결하고 나서 두고 보자고."

두고 보자는 놈치고 무서운 놈이 없다고 말하고 싶은 것을 꾹 눌러 참고는 허영생이 머리를 긁적이며 물었다.

"이제 어쩌죠?"

지난 번 모용수린을 구출 때문에 쳐들어왔던 괴한 탓에 신교 청해지단의 무인들이 많이 죽고 다쳐서 전력이 약해진 상황이었다.

그리고 천살귀도 없었다.

그뿐인가?

천살귀가 실력이 빼어난 마교도들을 다수 끌고 가 버린 바람에 지금 신교 청해지단의 전력은 약해질 대로 약해져 있는 상황이었다.

지금 전력으로는 유성용이 이끌고 온 무림맹 청해지부의 무인들을 상대하기에 분명 버거운 상황이었다.

"야!"

"네, 단주님!"

"그걸 나한테 물으면 어떡해!"

"……."

"군사는 너라니까?"

"그렇죠."

"그렇죠오? 거기 가만히 서서 뭐 하고 있어? 얼른 튀어 나가서 몇 놈이나 쳐들어왔는지 알아보지 않고!"

"알겠습니다."

더 버티고 있어 봐야 좋은 꼴을 못 볼 게 자명했다.

그래서 일단 상황을 파악하기 위해서 집무실을 빠져나온 허영생이 바로 마천각으로 달려갔다.

"어떻게 된 거야? 유성용이야? 몇 놈이나 끌고 왔어?"

마천각에 들어서자마자 수하에게 다짜고짜 질문을 던졌다.

그런데 수하는 예상과 전혀 다른 대답을 꺼내 놓았다.

"넷입니다."

"뭐? 넷이라고?"

"그렇습니다."

"그러니까 유성용이 고작 넷만 끌고 쳐들어왔다고? 이 새끼가 우리 신교를 대체 뭘로 보고……."

빈정이 상했다.

그래서 허영생이 언성을 높일 때, 수하가 조심스럽게 말했다.

"유성용이 아닙니다."

"유성용이…… 아니야?"

"그렇습니다."

당연히 유성용이 쳐들어온 걸 거라고 판단했는데.

수하는 유성용이 아니라고 보고했다

“그럼 누군데?”

“모르겠습니다.”

“모른다고?”

허영생이 당당하게 모른다고 대꾸하는 수하를 노려보았다.

지금까지는 척운경이 왜 그렇게까지 화를 내는지 이해가 가지 않았었는데.

직접 당해 보니 허영생도 성질이 났다.

“얼굴은 봤을 거 아냐!”

“인상착의는 확인했습니다.”

“혹시…… 그놈이 있는 건 아니지?”

“그놈이라면 누굴 말씀하시는 겁니까?”

“몰라서 물어?”

허영생이 귓불을 슬쩍 어루만졌다.

그제야 눈치를 챈 수하가 재빨리 대답했다.

“그자는 없습니다.”

“확실해?”

“틀림없습니다.”

확신에 찬 수하의 대답을 듣고서, 허영생이 안도의 한숨을 내쉬었다.

‘하긴 그놈이 여기 올 수 있을 리가 없지!’

그 지독한 놈의 정체는 불분명했다.

하지만 허영생은 그놈이 서순풍일 거라고 확신했다.

그리고 서순풍은 절대 이곳에 나타날 수 없었다.

살기를 풀풀 풍기며 찾아간 천살귀의 손에 이미 죽었을 테니까.

"그럼 대체 어떤 놈들이야? 신교가 우스워?"

고작 넷이서 신교에 쳐들어오다니.

간덩이가 배 밖으로 튀어나온 놈들이 틀림없었다.

그래서 허영생이 콧김을 내뿜을 때, 수하가 입을 열었다.

"넷 중 한 명은 알고 있는 자입니다."

"넷 중 한 명? 그게 누구야?"

"서진풍입니다."

"서진풍!"

전혀 예상치 못했던 서진풍이라는 이름이 수하의 입에서 흘러나온 것을 들은 허영생이 슬쩍 눈살을 찌푸렸다.

최근 들어 이상하리만치 자주 얽히는 서진풍이었다.

그래서 신경에 거슬렸다.

'하지만 놈은 분명히 고수가 아닌데!'

챙, 채앵!

"크아악!"

허영생이 고개를 갸웃거리는 사이, 병장기가 부딪히는 소리와 비명 소리가 점점 더 가까워지기 시작했다.

◒

진풍의 봇짐 속에 남아 있는 보진단은 두 개뿐이었다.

아직 언제 환골탈태를 할 수 있을지 모르는 상황.

보진단을 사용하는 것이 아까웠다.

그래서 선대수에게 마교 청해지단을 치는 것을 도와달라고 부탁했다.

"뭘 하자고?"

"마교 청해지단을 칠 거라니까요?"

"그러니까 마교를 치자고? 내가 제대로 들은 것 맞나?"

"맞아요."

"돌겠군……."

선대수는 한숨을 푹푹 내쉬었다.

그리고 술자리를 대충 파하고 나서 마교 청해지단 앞에 도착할 때까지 연신 혼잣말을 내뱉으며 쉬지 않고 구시렁거렸다.

"속았어, 아주 제대로 속았구만."

짙은 어둠 속에 묻혀 있는 마교 청해지단을 물끄러미 바라보던 선대수가 고개를 돌려서 간절한 눈빛을 던졌다.

"아우님!"

"왜요?"

"아직 기회는 남아 있네. 마지막으로 다시 한 번 생각해 보게."

"더 생각할 것도 없어요."

"상대는 마교일세. 그렇게 간단하게 대답할 문제가 아니라는 뜻이지. 그러니까 그렇게 쉽게 대답하지 말고……."

"왜요? 무서워요?"

"무섭다니? 아우님은 이 형님을 대체 어떻게 보는 건가?"

"그럼 왜 그래요?"

"그게 내 상황이라는 게 있지 않나. 아우님도 알다시피 난 정체가 알려져서는 안 되네. 그래서 맹호표국에서 쟁자수로 신분을 위장한 채로 살고 있는데 이렇게 자꾸 얼굴이 알려지는 일에 휘말리면 곤란하단 말이네."

"그건 걱정하지 말아요."

"걱정하지 말라니?"

"좋은 방법이 있어요."

"좋은 방법? 그게 뭔가?"

귀가 솔깃한 표정을 짓고 있는 선대수에게 진풍이 그 방법을 알려 주었다.

"살인멸구."

"살인멸구?"

"쉽게 말해서 형님이 마교 청해지단을 찾아왔다는 사실을 아무도 알지 못 하게 다 죽이면 돼요."

"그야 그렇긴 한데……."

진풍이 좋은 방법을 친절하게 일러 주었음에도 불구하

고, 선대수의 표정은 그다지 밝아지지 않았다.

오히려 땅이 꺼져라 한숨을 푹푹 내쉬며 혼잣말을 중얼거렸다.

"상대가 마교라는 게 문제지……."

"뭘 그리 혼자 중얼거려요?"

"그러니까…… 도저히 이해가 안 돼서 그러네."

"또 뭐가요?"

"내가 왜 하필 마교와 척을 져야 하는지 말일세."

"마교는 나쁜 놈들이잖아요?"

"그건……."

"그리고 형님은 좋은 강호인이니까요."

"쩝. 그만하세. 더 말해 뭐할까?"

영 내키지 않는다는 표정을 지은 채 입맛을 쩝 다신 선대수가 고개를 떨궜다.

"입이 방정이지."

고개를 절레절레 흔들던 선대수가 푹 숙이고 있던 고개를 번쩍 들었다.

그리고 현무빈에게 시선을 던졌다.

"현 아우!"

"왜 그러시오?"

"난 그렇다 치고 자넨 왜 그러나?"

"뭘 말하는 거요?"

"이 미친 짓에 현 아우는 왜 동참하는 건가?"

"내가 맹호표국의 쟁자수이기 때문이오."
"응?"
"혼자서 빠질 수는 없소."
현무빈의 대답을 듣고서 황당한 표정을 짓던 선대수가 마지막으로 남궁도에게 시선을 던졌다.
"남궁 아…… 아니, 남 아우는 왜 동참했나?"
"그냥."
"그냥?"
"재미있을 것 같아서."
"재미있을 것 같다고? 쟁자수 넷이 모여서 마교 청해지단을 치겠다고 찾아가는 이 미친 짓이?"
"이것만이 아니지."
"응?"
"진짜 재밌는 일은 나중에 벌어질 거야."
"……?"
"이번 일이 정마대전의 시발점이 될지도 모르니까!"
"정마대전이라고?"
"어때? 재미있을 거 같지 않나?"
남궁도가 특유의 무표정한 얼굴로 입을 열었다.
그리고 남궁도와 대화를 마친 선대수가 기가 막힌 표정을 지은 채 다시 혼잣말을 중얼거리기 시작했다.
"맹호표국의 특별한 쟁자수? 비밀 병기? 웃기고 자빠졌네. 이건 그냥 미친놈들 집합소잖아! 그리고 저 남가 놈은 새파랗게 젊은 게 왜 자꾸 반말을 찍찍 내뱉고 지랄이야!
예전 성질 같았으면 일단 반쯤 죽여 놓고 시작했을 텐데."

선대수의 얼굴이 벌겋게 상기됐다.

그러나 선대수는 예전과 달리 성질을 꾹 눌렀다.

그리고 현무빈과 남궁도를 번갈아 바라보며 은근한 목소리로 말했다.

"술도 마셨고 젊은 혈기를 못 이긴 탓에 분위기에 휩쓸려 이러는 건 이해하지만, 이쯤에서 멈추는 게 어떤가? 내일이 되면 분명히 이 미친 짓을 한 것에 대해서 뼈저리게 후회하게 될 거야. 자, 아직 기회는 있네. 지금이라도 발길만 돌리면……."

두 사람의 마음을 돌리기 위해서 한참이나 열변을 토해내던 선대수가 도중에 입을 다물었다.

쾅!

선대수의 말이 끝나기도 전에 진풍이 달려 나가서 어깨로 마교 청해지단의 정문을 들이받아 버렸기 때문이었다.

요란한 폭음과 함께 마교 청해지단의 문이 부서졌다.

그리고 망연자실한 표정을 지은 채 부서진 정문을 바라보고 있는 선대수에게 진풍이 히죽 웃으며 말했다.

"이젠 늦은 것 같네요."

6장
당과 좋아하세요?

퍽!

침입자가 발생한 사실을 알아채고 앞장서서 달려오던 마교도의 가슴을 진풍이 어깨로 들이받았다.

"크아악!"

속절없이 뒤로 날아가며 비명을 지르는 마교도를 지켜보던 선대수가 땅이 꺼져라 한숨을 내쉬며 말했다.

"그래…… 이제는 정말 늦은 것 같군."

비명 소리를 듣고서 마교도들이 사방에서 쏟아져 나왔다.

그 마교도들을 답답한 시선으로 바라보던 선대수가 다시 불평을 토로하기 시작했다.

"이것 미친 짓이야. 그래, 미친 짓이 틀림없어. 그런데 대체 내가 어쩌다가 여기 서 있는 거지?"

아무도 귀를 기울이지 않는 불평을 늘어놓으면서도 선대수는 품속에서 독문병기인 섭선을 꺼내는 것을 잊지 않았다.

"남은 방법이 하나뿐이군!"

그리고 선대수는 입에서 불평을 쉴 새 없이 늘어놓으면서도 가장 열심히 싸웠다.

자신의 정체가 드러나지 않기 위해서는 아까 진풍이 말했던 살인멸구라는 방법뿐이라는 것을 알고 있었기 때문이었다.

살랑살랑.

섭선이 바람을 일으킬 때마다 마교도들은 영문도 모른 체 픽픽 쓰러졌다.

"사술이다!"

"조심해!"

속절없이 동료들이 쓰러지는 것을 발견한 마교도들이 경고성을 내질렀다.

그러나 선대수는 마교도들이 섭선에 숨어 있는 비밀을 알아낼 기회를 주지 않았다.

마교도들 사이로 거침없이 뛰어든 선대수는 잠시도 쉬지 않고 섭선을 흔들었다.

큭! 크흑!

마교도들이 비명조차 제대로 지르지 못 하고 풀썩 쓰러질 때마다, 선대수의 입도 쉬지 않고 움직였다.

"어쩔 수 없지. 한 놈도 남기지 말고 다 죽여야 해."

섭선이 부지런히 움직일 때마다 마교도들이 쓰러졌다.

그러나 마교도들의 수가 너무 많았다.

선대수를 둘러싸고 있는 포위망이 더욱 두터워졌을 때, 섭선을 살랑거리던 선대수가 소리쳤다.

"뭐야? 나 혼자 싸워?"

그 외침을 들었지만 먼저 움직이는 사람은 없었다.

진풍은 머리를 긁적였고, 현무빈은 검집에서 검을 꺼내지도 않았다.

남궁도는 마치 남의 집 불구경을 하듯 팔짱을 낀 채 서 있었고.

"진짜 아무도 안 도와줄 거야?"

선대수가 다시 한 번 재촉하고 나서야 비로소 남궁도가 팔짱을 풀었다.

그리고 허리에 걸려 있던 검집에서 검을 꺼냈다.

"간만에 몸 좀 풀어 볼까?"

우드득.

목을 좌우로 꺾고 있는 남궁도에게 진풍이 물었다.

"왜 나서는 거예요?"

"나는 좋은 강호인이거든."

"……?"

"마교 놈들이라면 치가 떨리는 편이라서 말이지."
남궁도가 한기가 풀풀 풍기는 목소리로 말했다.
그리고 지체하지 않고 선대수를 포위하고 있는 마교도들을 향해 파고들었다.
푹.
서걱.
남궁도의 검은 빠르고 예리했다.
게다가 군더더기라고는 찾아볼 수 없을 정도로 간결했다.
어떻게 표현하면 될까?
마치 숙련된 조각가의 솜씨처럼 정교하다고 할까?
그러나 그게 다가 아니었다.
남궁도의 정교하고 날카로운 검에 위력을 더해 주는 요인은 거친 면이 혼재되어 있기 때문이었다.
투기!
수많은 실전을 겪어 온 것처럼 강렬한 투기가 깃든 거친 검은 마교도들을 혼란과 공포에 빠트리고 있었다.
그리고 아직 끝이 아니었다.
남궁도의 검에 자극을 받았을까?
현무빈이 검을 빼 들고 마교도들에게 뛰어들었다.
큭!
크아악!
원래는 선대수가 마교도들에게 포위당한 형국이었다.

하지만 남궁도와 현무빈이 전장에 뛰어들며 상황은 정반대로 바뀌었다.

오히려 마교도들이 포위당한 형국이었다.

"그럼 나도 가 볼까?"

전장을 살피던 진풍이 히죽 웃었다.

그리고 치열한 대결이 펼쳐지고 있는 곳으로 뛰어드는 대신, 진풍은 다른 곳을 향해 걸음을 옮겼다.

이미 한 번 와 봤던 곳이라 익숙했다.

도중에 헤매지 않고 진풍은 단번에 마천각으로 찾아 들어섰다.

그리고 그곳에서 허영생을 다시 만났다.

"네놈이 서진풍이구나."

아직 통성명도 하지 않았는데 허영생은 이미 진풍을 알고 있었다.

하지만 전혀 반갑거나 고맙지 않았다.

귓불이 뭉텅 잘려 나가 있는 허영생을 물끄러미 바라보던 진풍이 짤막한 한숨을 내쉬며 혼잣말을 중얼거렸다.

"관심 좀 끊어 주면 좋으련만……."

"뭐라고 지껄이는 것이냐?"

"왜 사람 말을 안 들을까?"

"무슨 헛소리냐니까?"

"한 번 경고했잖아?"

"경고? 아, 네놈의 형이 찾아왔던 걸 말하는 거로구나."

"……."

"흥, 네놈이 네 형의 알량한 무공을 믿고 기고만장해서 여길 찾아왔는가 본데. 큰 착각을 했구나."

"착각?"

"네 형인 서순풍은 이미 죽었다."

허영생이 거만한 표정을 지은 채 던진 말을 듣고서 진풍이 히죽 웃었다.

"안 죽었어."

"흥, 아직 사태 파악이 안 되는가 본데……."

"좀 전에 나올 때도 얼굴을 봤는데?"

"……?"

"대자로 뻗어서 아주 잘 자고 있던데?"

진풍의 말이 끝나자 허영생의 눈빛에 처음으로 당혹스러운 빛이 스치고 지나갔다.

충격을 받은 표정으로 혼잣말처럼 중얼거렸다.

"그럴 리가 없는데. 천살귀가 찾아갔을 텐데……."

"맞아. 천살귀가 찾아오긴 했었어."

"……?"

"그런데 죽은 건 형이 아니라 천살귀야."

진풍이 담담한 목소리로 말하자, 허영생의 신형이 크게 휘청였다.

"말도 안 돼!"

"하지만 사실이야."

"대체 누가 천살귀를 죽일 수 있단……?"
"현무빈!"
"현무빈?"
"내 눈으로 직접 봤어. 현무빈이 천살귀를 제압하는 모습을."
"그놈이 대체 누구길래?"
"맹호표국의 쟁자수지."
진풍이 감추지 않고 사실대로 알려 주자, 허영생의 표정이 잔뜩 일그러졌다.
그리고 기가 막히다는 표정을 감추지 않은 채 소리쳤다.
"지금 날 놀리는 거냐? 고작 쟁자수 따위가 무슨 수로 초절정 고수인 천살귀를 죽일 수 있단 말이냐?"
"천살귀도 그렇게 말했어."
"……?"
"그리고 죽었지."
진풍이 친절하게 설명해 주었지만, 허영생은 여전히 믿는 기색이 아니었다.
"난 절대 믿을 수가……."
"안 들려?"
"뭘 말하는 것이냐?"
"지금 들리는 비명 소리!"
크흑.
크아악!

차갑게 가라앉은 밤공기를 헤집어 놓는 비명 소리가 쉬지 않고 들려왔다.

그 비명 소리에 귀를 기울이고 있는 허영생에게 진풍이 덧붙였다.

"나와 함께 마교 청해지단으로 찾아온 건 세 명이야. 근데 비명 소리가 너무 많이 들리지 않아?"

"대체 어떤 곳에 속한 놈들이기에……?"

"아까 알려 줬잖아?"

"설마?"

"그래, 맹호표국의 쟁자수들이야."

허영생의 신형이 다시 휘청였다.

그러나 여전히 반신반의하는 눈빛을 던지고 있는 허영생을 확인한 진풍이 한마디를 더했다.

"천살귀가 고수이긴 하지만 내 일 수도 감당하지 못 했다는 걸 그쪽도 알잖아?"

"……?"

"몰랐어?"

"그자는 네가 아니라 분명히 서순풍인데……."

"우리 형이 아냐."

"서순풍이 아니라고?"

"우리 형은 여기 찾아올 배짱도 없어."

"그럼?"

"나야."

진풍이 일러 줬지만, 허영생은 여전히 믿지 못했다.
"하지만…… 너무 다르잖아! 그때 신교로 쳐들어왔던 자는 날씬했는데, 넌 아주 많이 뚱뚱하잖아!"
"그래, 좀 다르지. 사정이 있었거든."
"진짜야?"
"맞아, 그쪽 귓불도 내가 잘라 준 거고."
"……."
"참고로 나도 맹호표국의 쟁자수야."
허영생이 반쯤 넋이 나간 표정으로 허둥댔다.
그런 그를 가만히 살피고 있던 진풍이 말했다.
"내 경고를 들었어야지."
"그, 그게 그러려고 했는데……."
"이젠 너무 늦었어."
진풍이 딱 잘라 말하자, 허영생의 낯빛이 창백하게 질렸다.
그리고 떨리는 목소리로 물었다.
"대체 왜 이런 짓을 벌이는 것이냐?"
"아까 말해 줬잖아. 내 경고를 무시했으니까."
"그게 전부냐?"
"그렇다니까."
"거짓말 하지 마. 진짜 이유는 따로 있겠지. 누구의 사주를 받았지? 무림맹이냐?"
"누가 시킨 것 아니라니까. 그리고 마교도 좋아하지 않지만 무림맹도 좋아하지 않아. 아니, 마교보다 무림맹이 더 싫어."

"……?"

"무림맹주가 영재발굴대회라는 쓸데없는 대회를 벌인 바람에 개고생을 했거든."

"영재…… 발굴대회?"

"그래. 이제는 아무도 기억하지 못하지만 내가 무림맹 영재발굴대회 청해성 예선에서 우승했던 영재였어."

진풍이 쓰게 웃으며 예전의 일을 들려주었다.

그리고 고개를 갸웃거리고 있는 허영생의 앞으로 다가갔다.

"누굴 탓할 필요 없어."

"……?"

"내게, 그리고 백화장에 관심을 가진 게 그쪽의 실수니까."

"잠깐, 잠깐만……."

허영생이 뒷걸음질을 치며 필사적으로 소리를 질렀지만, 진풍은 멈추지 않았다.

아직 할 일이 남아 있었기 때문이었다.

출렁!

"크아악!"

진풍의 뱃살이 흔들린 순간, 허영생이 공포를 이기지 못하고 괴성을 질렀다.

◑

"이 새끼, 대체 왜 안 나타나는 거야?"

척운경이 초조함을 감추지 못 하고 집무실을 서성였다.

바깥 사정을 알아보겠다고 나갔던 허영생은 시간이 한참 흘렀음에도 다시 돌아올 생각을 안 했다.

그리고 감감무소식이 된 것은 허영생만이 아니었다.

천살귀.

복수를 하겠다면서 신교 청해지단에서 실력이 빼어난 편이 마인들을 이끌고 사라졌던 천살귀 역시 돌아오지 않고 있었다.

콱!

크아악!

그사이에도 비명 소리는 밤공기를 뒤흔들면서 계속 울려 퍼지고 있었다.

그리고 그 비명 소리는 점점 더 가까워지고 있었다.

"정말로 유성용이 칼을 빼 든 건가?"

척운경이 미간을 슬쩍 찌푸렸다.

우유부단하기 그지없는 유성용이 칼을 빼 들고 마교 청해지단을 칠 것이라고는 전혀 생각지 못했다.

하지만 유성용이 이끌고 있는 무림맹 청해지부의 무인들이 아니면 대체 누가 신교 청해지단으로 감히 쳐들어올 수 있을까?

설마 했던 일이 막상 현실이 되어 닥치고 나니, 눈앞이 캄캄해졌다.

더 기다릴 수는 없는 노릇.

지금의 상황에 대해서 신교 본산에 알리는 것이 급선무였다.

허영생이 돌아오길 기다리던 것을 포기한 척운경이 직접 마천각으로 찾아가기 위해 집무실을 나섰다.

하지만 척운경은 결국 집무실을 빠져나가 보지도 못했다.

비정상이리만치 뚱뚱한 청년이 집무실의 문 앞을 가로막고 서 있었기 때문이었다.

"누구냐?"

"또 보게 됐네요."

뚱뚱한 청년이 히죽 웃자, 가뜩이나 살에 파묻혀서 단추구멍처럼 작은 눈이 아예 흔적도 없이 사라져 버렸다.

그러나 척운경은 그 얼굴에 신경 쓸 여력이 없었다.

'……또 보게 됐다고?'

분명히 처음 보는 얼굴이었다.

그런데 뚱뚱한 청년은 구면이라고 밝히고 있다.

'누구지?'

그래서 의아한 시선을 던지던 척운경이 참지 못 하고 질문했다.

"무림맹 청해지부 소속 무인인가?"

"아닌데요."

"아니라고? 그럼 넌 대체 누구냐?"

"맹호표국 쟁자수!"

뚱뚱한 청년의 대답을 들은 척운경의 머릿속이 순간 헝클어졌다.

당연히 무림맹 청해지부에 속한 무인들이 쳐들어온 거라 판단했다.

그런데 뚱뚱한 청년은 그게 아니라고 했다.

그리고 자신을 맹호표국의 쟁자수라고 밝혔다.

"쟁자수라고?"

아무리 생각해도 아귀가 맞지 않았다.

맹호표국에서 신교 청해지단을 칠 이유가 없지 않은가?

게다가 표두나 표사도 아닌 쟁자수 따위가.

"특별한 쟁자수죠."

"특별한 쟁자수?"

"그래요."

다시 히죽 웃고 있는 뚱뚱한 청년을 어이없는 표정으로 바라보던 척운경의 가슴이 순간 철렁 내려앉았다.

'닮았잖아!'

지금 웃고 있는 뚱뚱한 청년의 얼굴과 며칠 전 신교 청해지단에 찾아와서 모용수린을 구해 간 놈의 얼굴이 무척 닮아 있었다.

'서, 설마?'

그러나 척운경은 이내 고개를 흔들었다.

불과 며칠 사이에 사람의 체형이 이렇게 급박하게 바뀔 리가 없다는 판단을 내렸기 때문이었다.

끼르륵. 끼르륵.

그때였다.

풀벌레의 울음소리가 척운경의 귓속으로 파고든 것은.

'비명 소리가 더 이상 들리지 않는다!'

그 사실을 깨달은 척운경의 표정이 굳어졌을 때, 자박거리는 발걸음 소리가 들려왔다.

잠시 뒤, 뚱뚱한 청년의 곁으로 세 명의 사내들이 다가왔다.

그것을 확인한 척운경이 허리춤에서 검을 뽑아 들며 소리쳤다.

"유성용은 어디 있느냐!"

그러나 척운경이 원하던 대답은 돌아오지 않았다.

"유성용이 누구야?"

"아는 사람?"

"처음 들어 보는 이름인데…… 그나저나 이제 저놈만 남았군!"

뒤늦게 합류한 세 사내들이 나누는 대화에 귀를 기울이던 척운경이 다시 소리쳤다.

"정체를 감추려고 애를 쓰는가 보지만……."

"정체를 감출 생각은 없어요."

"……"

"어차피 다 죽었으니까. 그리고 정체는 아까도 밝혔잖아요."

"……?"

"맹호표국의 쟁자수들이라고."

"그 개소리를 믿으라고?"

"못 믿으면 어쩔 수 없죠."

뚱뚱한 청년이 어깨를 으쓱한 후 슬쩍 한 걸음 물러났다.

그리고 섭선을 들고 있는 중년의 사내를 바라보며 말했다.

"살인멸구!"

'살인멸구라고?'

뚱뚱한 청년이 꺼낸 말을 들은 척운경이 인상을 찡그렸다.

감히 신교 청해지단의 단주인 자신에게 살인멸구라는 말을 꺼내다니.

워낙 기가 막힌 탓에 화가 나지도 않았다.

그래서 네 명의 사내들을 번갈아 바라보고 있던 척운경의 표정이 무섭게 굳어졌다.

'고수다!'

뚱뚱한 청년은 분명히 자신들을 맹호표국의 쟁자수라고 밝혔다.

그래서 척운경은 의문이 생겼다.

이런 대단한 고수들이 대체 뭐가 아쉬워서 쟁자수나 하고 있을까?

하지만 의문을 푸는 것보다 더 중요한 것이 있었다.

'본 산에 알려야 해!'

맹호표국에 대단한 고수인 쟁자수들이 우글거리고 있는 건 결코 우연이 아니었다.

세상에 우연은 없는 법이니까.

맹호표국에 뭔가 특별한 것이 있기 때문에 이런 고수들이 몰려든 것이리라.

그래서 척운경이 검을 고쳐 쥐며 계산에 잠겼다.

'천살귀가 돌아올 때까지 시간을 끌면서 최대한 버티자.'

혼자서 넷을 상대하는 것을 분명히 버거웠다.

그러나 천살귀가 합류한다면 상황은 달라지리라.

마침내 계산을 마친 척운경이 내력을 막 끌어 올렸을 때였다.

"참, 혹시나 해서 미리 말씀드리죠."

"……?"

"그쪽을 도와줄 사람은 없어요. 천살귀는 벌써 죽었으니까요."

'천살귀가 죽었다고?'

전혀 예상치 못했던 말을 들은 탓에 선뜻 믿기지 않았다.

그래서 불신 어린 시선을 던지고 있던 척운경에게 뚱뚱한 청년이 덧붙였다.

"못 믿는가 보네요. 그럼 방법은 하나뿐이네요."

"……?"

"저승에서 만나서 확인해 봐요."

◐

시전은 평소에 비해 손님이 없는 편이었다.

그래서 포목상 앞에 쌓아 둔 비단들에도 먼지가 폭폭 쌓이는 실정이었다.

하지만 단 한 곳만은 달랐다.

노점상!

당과를 팔고 있는 노점상 앞에는 긴 줄이 늘어서 있었다.

"아직 멀었소?"

"벌써 한 시진이나 기다렸소."

"거의 다 돼 가네. 조금만 더 기다려 주게."

"거 참, 당과 한 번 먹기 더럽게 힘드네."

"오늘 안에 먹을 수 있긴 한 거요?"

"조금만 기다리라니까."

연신 불평을 늘어놓으면서도 사람들은 노점상 앞을 떠나지 않고 당과가 나올 때까지 기다렸다.

그리고 호객을 포기한 포목상의 주인인 정성모가 두 눈

을 빛내며 당과를 파는 노점상을 노려보았다.

"분명히 뭔가 있어!"

얼마 전까지만 해도 손님이 없어서 파리만 꼬이던 노점상이었다.

그래서 당과를 파는 노점상의 주인인 엄 노인은 한숨을 푹푹 내쉬며 업종 전환을 심각하게 고민했었는데.

상황이 바뀐 계기는 우연히 찾아왔다.

좌중을 압도할 정도로 뚱뚱한 청년이 노점상에 들러서 당과를 사서 먹은 후, 노점상에는 손님이 늘어나기 시작했다.

"수백 년이나 묵은 하수오와 맞바꿔 먹은 당과래!"

발없는 소문은 빨랐다.

뚱뚱한 청년이 수백 년이나 묵은 하수오와 당과를 바꿔 먹었다는 소문은 빠르게 퍼져 나가기 시작했다.

사람들은 대체 어떤 당과이길래 수백 년 묵은 하수오와 바꿔 먹었는지 연유를 알아내기 위해서 노점상으로 몰려들었다.

그리고 소문은 단순히 퍼지기만 한 것이 아니었다.

"그 당과를 먹고 너무 맛있어서 눈물을 흘렸대!"

"단순히 맛만 좋은 게 아니라 영약이 들어 있다는데?"

"그 당과를 먹으면 강호인은 내력이 상승하고, 일반인은 평생 고뿔도 안 걸린대."

소문은 스스로 부피를 키웠다.

근거 없는 소문이 불어나면 날수록 노점상에는 사람들이 더 많이 몰려들었다.

노점상 주인인 엄영감의 얼굴에 웃음꽃이 핀 것은 당연한 수순이었다.

비록 포목상으로 신분을 위장하고 있었지만, 무림맹 휘하 비천각 요원인 정성모가 이런 기현상에 관심을 기울이지 않았을 리 없었다.

그래서 그동안 매서운 눈초리로 노점상을 살폈지만, 특이한 점은 찾지 못했다.

거의 매일 당과를 사서 먹어 보기도 했으나, 그저 달달하기만 할 뿐, 눈물이 날 정도로 맛있지도 않았다.

물론 영약은 참새 눈물만큼도 섞여 있지 않았고.

오죽 답답한 마음에 정성모는 노점상 주인인 엄 영감을 찾아가서 직접 묻기도 했다.

"갑자기 장사가 잘되는 이유? 나도 몰라. 난 삼십 년째 똑같이 당과를 만들고 있을 뿐이야. 영약이 들어 있냐고? 영약은 개뿔. 내가 먹을 삼 한 뿌리도 없는 판국인데 쓸데없이 당과에 영약은 왜 집어넣어?"

이게 엄 영감에게서 돌아온 답변이었다.

그러나 정성모는 여전히 의심의 눈길을 지우지 못했다.

그래서 노점상에게서 시선을 떼지 못 하고 있을 때, 오래간만에 포목점으로 손님이 찾아왔다.

눈처럼 하얀 백의무복을 입은 여인은 대단한 미인이었다.

부리나케 여인 앞으로 달려갔던 정성모가 흠칫했다.

여인이 길고 하얀 손가락으로 비단을 어루만졌다.

그리고 잠시 뒤 먼지가 쌓인 비단 위에는 두 글자가 적혀 있었다.

용봉(龍鳳).

물을 묻힌 손으로 적어 놓은 두 글자를 확인한 정성모가 신중한 눈길로 주변을 살핀 후 입을 뗐다.

"비천!"

"멸마!"

짤막한 암구어가 오가고 난 후, 정성모가 과장된 표정을 지은 채 여인의 소매를 잡아끌었다.

"어이쿠, 역시 대단한 미인이라서 그런지 옷감을 보시는 눈도 남다르시네요. 자, 거기 서 있지 마시고 얼른 안으로 들어오시죠. 서역에서 들어온 최고급 비단이 매장 안에 가득 쌓여 있으니까요."

순순히 따라 들어오는 여인에게 가볍게 고개짓을 한 정성모가 벽을 주먹으로 가볍게 후려쳤다.

쿵!

기기깅.

주먹으로 벽을 두드린 순간, 기관이 발동하기 시작했다.

평범한 바닥처럼 보이던 공간이 움직이며, 순식간에 어른 한 명 들어갈 수 있는 공간이 생겼다.

"들어오시죠."

작게 속삭인 정성모가 앞장섰다.

그리고 여인까지 들어와 계단을 통해 내려오고 있는 것을 확인한 정성모가 다시 주먹을 두드렸다.

퍽!

기기깅!

다시 기관이 작동하며 바닥이 원상태로 돌아갔다.

이제 이 비밀 공간을 찾아낼 수 있는 사람은 없었다.

"누구십니까?"

"무림맹 휘하 용봉단 소속 무인인 모용수린이라고 해요."

"용봉단? 모용수린?"

여인의 정체에 대해서 들은 정성모가 두 눈을 치켜떴다.

명문세가의 빼어난 후기지수들 가운데서도 가장 실력이

뛰어나다고 알려진 젊은 인재들로 구성된 곳이 바로 용봉단이었다.

무림맹에서 멀리 떨어진 청해성 촌구석에서 용봉단에 속한 무인을 만나는 것은 아주 드문 일이었다.

그런데 더 놀라운 것은 이 젊은 여인이 바로 모용세가의 금지옥엽인 모용수린이라는 점이었다.

혜화!

촌구석에서 포목상으로 위장한 채 하루하루 살아가고 있었지만, 정성모의 진짜 신분은 정보를 다루는 비천각 요원이었다.

혜화라는 별호를 가진 모용수린에 대해 모를 리 없었다.

"이런 촌구석에서 강호에 소문이 자자한 혜화를 만나게 될 줄은 몰랐습니다."

"과찬이세요."

"그런데 무슨 일 때문에 저를 찾아오신 겁니까?"

정성모가 두 눈을 가늘게 뜬 채 의심이 깃든 목소리로 물었다.

자신이 이곳에서 보고 들은 정보들은 모두 서류로 작성돼서 무림맹 청해지부로 보고되고 있었다.

혜화라 불리는 모용수린이 굳이 여기까지 자신을 찾아올 이유가 없었다.

"요원님이 보고하신 자료를 봤어요. 그 자료에 대해서

좀 더 알아보고 싶은 게 있어서 찾아왔어요."

"제가 보고한 자료 중 어느 것에 대해 말씀하시는 겁니까?"

"약 한 달 전, 압도적으로 뚱뚱한 청년에 대한 자료를 작성해서 보고하셨던 일…… 기억하세요?"

"물론 기억합니다."

정성모가 고개를 끄덕였다.

그 청년은 비정상적이라 생각될 정도로 뚱뚱했다.

그래서 한 번 보면 절대로 잊기 힘들었다.

그뿐인가?

정성모는 지금도 그 청년이 수백 년 묵은 하수오와 맞바꿔 먹은 당과에 의심을 품고 조사하고 있는 중이었다.

그런데 어찌 잊을까?

"다행이네요."

"그런데 무엇을 더 알고 싶어서 찾아온 겁니까? 내가 본 것은 그 자료에 고스란히 다 적어 두었는데."

"요원님이 작성하신 자료 중에 그 뚱뚱한 청년이 신법의 고수로 추정된다는 내용이 있더군요. 왜 그렇게 판단하셨죠?"

"그건……."

정성모가 약 한 달 전 기억을 헤집었다.

그리고 한참만에야 그 뚱뚱한 청년이 신법의 고수라고 판단했던 이유에 대해서 기억해 냈다.

"당시 시전은 사람들로 붐볐습니다. 발디딜 틈조차 찾기 어려울 정도였죠. 그때 그 뚱뚱한 청년이 나타났습니다. 그런데 압도적으로 뚱뚱하던 그 청년은 시전을 가득 메운 사람들과 단 한 번도 어깨를 부딪히지 않고 물 흐르듯이 움직였습니다. 그래서 그 청년이 신법의 고수라고 판단했던 겁니다."

사실 정성모가 생각해도 근거가 부족하기는 했다.

그러나 모든 것에 의문을 품는 게 비천각 요원의 자세였기에, 그렇게 보고를 했던 것이었다.

어쩌면 비웃음을 살지도 모르겠다고 판단했는데…….

모용수린은 무척 진지한 표정으로 자신의 이야기에 귀를 기울였다.

"세상 물정에 어두운 것 같다고 자료에 적어 두신 것도 봤어요. 그렇게 판단한 이유는 뭔가요?"

"그건 당과 때문입니다."

"당과요?"

"그 뚱뚱한 청년은 봇짐 속에서 족히 수백 년은 묵은 하수오를 꺼내서 고작 당과를 맞바꿔 먹었습니다."

톡톡.

깊이 생각에 잠긴 모용수린이 길고 하얀 손가락으로 벽을 두드리며 규칙적인 소리를 만들어 냈다.

그렇게 곰곰이 생각에 잠겨 있던 모용수린이 생긋 웃었다.

정성모가 눈이 부실 만큼 아름다운 미소를 짓고 있는 모용수린의 얼굴에서 시선을 떼지 못하고 있을 때, 그녀가 불쑥 물었다.

"당과 좋아하세요?"

7장
나쁜 놈

당과를 파는 노점상의 주인은 모용수린이 묻지 않았음에도 불구하고 엄기용이라고 이름을 밝혔다.

그리고 동전 한 문을 건네자, 봉지가 수북하게 당과를 담아 주었다.

"아가씨가 예뻐서 특별히 많이 주는 거야."

잊지 않고 생색을 내며 한쪽 눈을 질끈 감는 엄기용에게서 당과가 담긴 봉투를 받아 든 모용수린이 곁에 서 있는 정성모에게 내밀었다.

"드셔 보세요."

"아, 네."

정성모가 당과 하나를 집어 입속으로 밀어 넣었다.

"어때요?"

그런 정성모의 반응을 유심히 살피며 모용수린이 물었다.

"달달하네요."

"그 사람 반응은 어땠나요?"

"울더군요."

"당과를 먹고서 울었다고요?"

"네, 믿기 힘드시겠지만 분명히 몸을 부들부들 떨면서 울었습니다."

정성모가 확신에 찬 목소리로 말했다.

하지만 모용수린은 그 말을 순순히 믿기 어려웠다.

그래서 재차 질문을 던졌다.

"설마 정말로 당과 때문에 울었을까요? 혹시 무슨 슬픈 일이 있었기 때문이 울었던 게 아니었을까요?"

"그런 아닐 겁니다."

"왜 그렇게 확신하는 거죠?"

"제가 처음 봤을 때, 뚱뚱한 청년의 표정은 아주 밝았습니다. 마치 오랜 억압에서 벗어나 해방당한 사람처럼 홀가분한 표정이었달까요?"

"그럼 정말 이 당과 때문에 울었다는 건가요?"

"제 생각에는 그렇습니다."

"요원님께서 직접 드셔 보시니 어떤가요? 감동해서 눈물이 날 정도인가요?"

"달짝지근하니 맛있긴 하지만, 그 정도는 아닙니다. 어릴 적에는 참 좋아했었는데. 이젠 그 맛이 안 나는 것 같습니다."

"그래요?"

"그러지 마시고 직접 드셔 보시는 게 어떻습니까?"

정성모의 제안을 듣고서 모용수린이 봉지에 담긴 당과를 바라보았다.

손만 뻗으면 언제든지 당과를 먹을 수 있었지만, 선뜻 손이 가지 않았다.

그래서 모용수린이 망설이고 있자, 정성모가 의아한 시선을 던졌다.

"왜 안 드시는 겁니까?"

"사실은…… 처음이에요."

"처음이라면…… 당과를 먹어 본 적이 한 번도 없다는 뜻입니까?"

"맞아요."

모용수린이 씁쓸하게 웃으며 수긍하자, 정성모가 놀란 표정을 감추지 않고 드러냈다.

"어릴 적에도 먹어 본 적이 없습니까?"

"네, 없어요."

"하지만 거의 대부분 호기심 때문이라도 당과를 한 번쯤은 맛보지 않습니까?"

"아버지가 입에도 대지 못 하게 하셨어요."

"왜입니까?"

"당과는 백해무익하다고 말씀하셨어요. 그래서 어릴 적부터 달달한 당과 대신 쓰디쓴 영약을 입에 달고 살았죠."

강호에서도 손꼽히는 거대 문파인 모용세가의 여식이라는 모용수린의 신분을 듣고 나면, 백이면 백 모두 부러워했다.

하지만 그들은 몰랐다.

모용세가의 후계자 후보로 살아가는 인생이 얼마나 지난한지를.

그리고 긴장의 연속인 채 살아가야 하는 삶이 얼마나 재미가 없는지를.

"그럼 나이가 드신 후에 한 번 드셔 보지 그랬습니까?"

"나이가 들고 나니 더 못 먹겠더라고요."

"그건 또 왜입니까?"

"살이 찔까 봐 두려워서요."

"살 때문이라고요? 아니, 이렇게 날씬한데……."

정성모는 도무지 이해가 가지 않는다는 표정을 짓고 있었지만, 모용수린은 정색한 채 말했다.

"방심하면 안 되거든요."

모용수린의 날씬한 몸매를 타고난 몸매라고 부러워하거나 질시하는 사람들은 많았다.

하지만 그건 잘못된 생각이었다.

이 세상에 타고나는 몸매는 없었다.

얼마나 꾸준히 노력하면서 몸매를 관리하느냐에 따라서 차이가 갈릴 뿐이었다.

그뿐만이 아니었다.

세상에 그냥 얻어지는 것은 없는 법이었다.

혜화라는 별호를 얻기까지 모용수린이 그동안 해 왔던 노력은 범인들은 감히 상상조차 하지 못 하리라.

"한 번 먹어 볼까요? 이건 어디까지나 업무의 일환이니까."

놀란 표정을 짓고 있는 정성모에게 생긋 웃어 준 모용수린이 망설임을 끝내고 당과를 입속으로 쏙 밀어 넣었다.

그리고 두 눈을 감은 채 당과의 맛을 음미하던 모용수린이 잠시 뒤 두 눈을 치켜떴다.

당과 특유의 달달한 맛 때문이 아니었다.

당과 특유의 달짝지근한 향기.

이 향기를 일전에 맡은 적이 있었다.

바로 마교 청해지단에 납치됐을 때, 자신을 구해 준 사내의 등에 업혀 있을 때 맡았던 달짝지근한 향기였다.

"당과를 먹고 감동해서 울 정도면 어지간히 좋아하는 거겠죠?"

"아주 환장할 겁니다."

"그럼 당과를 늘 몸에 지니고 다니겠죠?"

"물론이죠."

정성모가 확신에 찬 목소리로 대답하는 것을 들은 모용

수린이 희미하게 고개를 끄덕였다.

'그였어!'

여기까지 찾아온 보람이 있었다.

비로소 자신이 원하던 답을 찾아낸 모용수린이 환하게 웃었다.

☯

톡, 톡, 토독.

서만석의 손가락이 주판 위를 바쁘게 오갔다.

벌써 몇 번째 다시 했음에도 불구하고 계산이 정확히 들어맞지 않아서 서만석이 머리를 긁적일 때였다.

"적당히 하고 그만 잠이나 자요. 주구장창 주판알만 두드린다고 해서 갑자기 없는 돈이 생기는 것도 아닌데."

서문화경이 건넨 핀잔을 들은 서만석이 항변했다.

"그게 아니라 계산이 잘 맞질 않아서 계속 하는 거요."

"하여간 소심하긴."

"아니, 계산이 맞지 않는 것과 소심한 것과 대체 무슨 연관이 있는 거요?"

"그까짓 것 틀려 봐야 몇 푼이나 틀리다고. 그렇게 쥐꼬리만 한 돈에 신경 쓰다가 대체 언제 진짜 큰돈을 만질 거예요?"

"그건 당신이 몰라서 하는 소리요. 티끌 모아 태산이라는 말도 들어 보지 못했소? 하긴 들어 봤을 리 없지."

"무슨 뜻이에요?"

"당신이 티끌 모아 태산이라는 말을 잘 아는 사람이었다면 그렇게 함부로 사채를 쓰지 않았을 것 아니오? 당신이 겁도 없이 끌어 쓴 사채 때문에 백화장이 이 꼴이 됐소. 그리고 그간 사채 이자를 갚느라 내가 몸 고생 마음고생을 했던 것만 생각하면…… 후우……!"

서만석이 땅이 꺼져라 한숨을 내쉬었다.

그리고 서문화경을 힐끗 살폈다.

지은 죄가 있어서일까?

그동안 서만석이 사채 이야기를 꺼낼 때마다 서문화경은 기가 죽었다.

이번에도 당연히 그러려니 생각했는데, 서문화경의 반응이 달랐다.

애써 고개를 돌려서 시선을 회피하는 대신, 똑바로 마주보며 혀를 끌끌 찼다.

"징징대지 좀 말아요."

"징징?"

"그게 대체 언제 적 이야기예요? 평생 우려 먹을 거예요?"

"아니, 그런 건 아니지만……."

"남자가 좀 대범해 봐요. 사채 빚도 이제 거의 다 갚았잖아요."

이건 서문화경의 말이 옳았다.

서만석이 그간 살뜰히 아껴 가면서 열심히 일한 덕분에 이제 사채 빚은 거의 갚은 상황이었다.

"그러니 더 아껴야 하지 않겠소?"

"당신, 아껴서 부자가 된 사람 봤어요? 진짜 부자가 돼서 백화장을 다시 일으키려면 새로 사업을 시작해야 돼요."

"백화장을 이리 만든 게 대체 누군데!"

"옛날 얘기 좀 그만하라니까요."

"후우, 알겠소. 근데 사업은 그냥 시작하오? 가진 게 아무것도 없는데 갑자기 무슨 사업이오?"

"왜 아무것도 없어요? 우리에겐 순풍이가 있잖아요."

"순풍이 말이오?"

"그래요. 잘난 내 아들 순풍이!"

힘주어 말하는 서문화경을 확인한 서만석이 절레절레 고개를 흔들었다.

"당신이 뭔가 크게 착각하고 있는가 본데…… 순풍이는 그냥 일개 표두일 뿐이오."

"지금은 그렇죠."

"그걸 알면서도……?"

"우리 순풍이는 고작 일개 표두에서 멈출 영재가 아니에요. 두고 봐요. 우리 순풍이가 백화장을 다시 일으키는 초석이 될 테니까."

한 점의 의심도 깃들어 있지 않은 서문화경의 눈빛을 확인한 서만석이 혀를 찼다.

그렇게 속았음에도 불구하고 자식에 대한 서문화경의 맹목적인 믿음만큼은 전혀 바뀌지 않았다.

물론 그 믿음이 나쁘다는 것은 아니었다.

너무 과하다는 것이 문제였지.

"적당히 좀 하시오."

그래서 서만석이 충고했지만, 서문화경은 멈추지 않았다.

"당신도 전에 진풍이가 걱정이라고 했잖아요?"

"그야 그랬소."

"알다시피 진풍이는 잘난 게 아무것도 없어요. 뚱뚱하지, 못생겼지, 게다가 직업도 쟁자수니…… 변변찮죠."

"워낙 살이 쪄서 그렇지 아주 못생긴 편은 아닌데……."

"시끄러워요. 어쨌든 그런 진풍이가 장가라도 들려면 어떻게 해야겠어요? 집안 배경이라도 빵빵해야 하지 않겠어요?"

"그야 그렇소."

"그래서 얼른 백화장을 다시 일으켜 세워야 하는 거예요."

"쩝……!"

가만히 듣고 있다 보니 틀린 말은 아니었다.

그러나 문제는 대체 무슨 수로 백화장을 다시 일으켜 세

우느냐였다.

그래서 서만석이 한숨을 내쉬고 있을 때였다.

쾅쾅!

누군가 백화장의 정문을 두드리는 소리가 들려왔다.

"또 누가 찾아온 거예요? 지금 아주 중요한 얘길 하는 중인데."

"난들 알겠소."

요즘 들어 백화장을 찾아오는 손님이 부쩍 늘었다.

손님이 느는 거야 딱히 나쁠 게 없지만, 대부분의 손님이 적의를 가지고 찾아온다는 게 문제였다.

게다가 지금은 야심한 시각이었다.

이런 늦은 시각에 호의를 갖고 찾아올 손님은 거의 없다는 사실을 알고 있기에, 서만석이 검을 챙겨 들고 방을 나섰다.

"이 야심한 시각에 누구요?"

"모용수린입니다. 늦은 시간임을 알고 있지만 워낙 급한 일이라 이렇게 실례를 무릅쓰고 찾아왔습니다."

잔뜩 긴장하고 있던 서만석은 백화장을 찾은 손님이 모용수린이라는 사실을 깨닫고 맥이 탁 풀렸다.

"모용 소저께서는 무슨 일 때문에 백화장을 방문한 건가?"

정문을 열어젖힌 서만석이 두 눈을 치켜떴다.

계속 신법을 펼쳤던 걸까?

언제나 단정하던 모용수린의 머리카락은 흐트러져 있었고, 콧등에도 땀방울이 송글송글 맺혀 있었다.

"대체 얼마나 급한 일이기에?"

"아드님을 만나 뵙고 싶어서요."

"아니, 그게 뭐가 그리 급한 일이라고 이렇게 땀까지 흘리면서 찾아온 건가?"

"저한테는 아주 급한 일입니다."

"그럼 잠시만 기다리게. 내 순풍이를 불러 주겠네."

모용수린이 워낙 서두르는 통에, 서만석도 덩달아 마음이 급해졌다.

그래서 잠든 순풍이를 깨우기 위해 돌아섰을 때였다.

"장주님!"

"왜 그러는가?"

"제가 만나려는 것은 둘째 아드님입니다."

"순풍이가 아니라 진풍이를?"

"그렇습니다."

서만석이 힘주어 대답하는 모용수린을 빤히 보며 말했다.

"이거 곤란하게 됐군. 진풍이는 아직 집에 들어오지 않았네."

"그런가요?"

"헛걸음을 했구만."

"서 소협을 만나기가 참 쉽지 않네요."

모용수린이 씁쓸하게 웃었다.

그 씁쓸한 미소를 띠고 있는 얼굴마저도 무척 아름답게 느껴졌다.

그래서 괜히 집에 들어오지 않은 진풍이 녀석에게 화가 났다.

“이리 아름다운 아가씨를 기다리게 만들다니. 진풍이 녀석이 돌아오면 내가 혼구녕을 내 주겠네.”

“그럴 것까진 없습니다. 저는 괜찮습니다.”

“아니, 내가 괜찮지 않네.”

딱 잘라 말한 서만석이 모용수린은 은근한 시선으로 바라보고 있을 때였다.

“장주님.”

“말하시게.”

“서 소협에 대해서 하나만 물어도 되겠습니까?”

“우리 진풍이에 대해서? 뭐든지 물어보게.”

“서 소협이 당과를 좋아하나요?”

“당과? 좋아하지. 아니, 그냥 좋아하는 게 아니라 아주 환장하지. 그 녀석 살이 다 당과 때문에 찐 살이라네.”

“역시…… 그랬군요.”

자신의 대답이 만족스러워서일까?

희미하게 고개를 끄덕이고 있는 모용수린을 바라보던 서만석이 입을 뗐다.

“나도 하나만 물어도 되겠는가?”

"말씀하세요."

"우리 진풍이를 왜 그리 만나려고 하는가?"

제 자식이었지만 진풍이는 별 볼 일이 없다.

이런 말 하긴 좀 그랬지만, 혜화라는 별호까지 얻은 모용수린과 비교하자면 진풍이가 한참을 기울었다.

그래서 서만석이 질문을 던지자 모용수린이 아까와 달리 환하게 웃었다.

서만석이 그런 그녀에게서 시선을 떼지 못 하고 있을 때, 모용수린이 대답했다.

"제가 가장 필요로 할 때 제 곁에 있어 준 사람입니다."

☯

마교 청해지단을 처리하고 나니 이미 늦은 시간이었다.

당연히 아무도 기다리지 않을 거라고 예상했던 진풍은 백화장 앞에 아버지가 서성이는 것을 확인하고 살짝 당황했다.

"왜 나와 계세요?"

"너 때문이다."

"저를 기다렸다고요? 왜요?"

"너 대체 밖에서 무슨 사고를 치고 다니는 게냐?"

다짜고짜 질문을 던지는 아버지로 인해 진풍은 당황했다.

마교 청해지단을 처리한 것은 아무도 모르게 한 일이었다.

그래서 당연히 아버지도 모를 거라 여겼는데…….

아버지는 마치 다 알고 있다는 듯한 눈빛을 던지며 추궁하고 계셨다.

"어떻게 아셨어요?"

"이 애비가 모르는 게 있을 것 같으냐?"

"어쩔 수 없었어요."

"뭐가 말이냐?"

"백화장의 안전을 위해서는 그 방법밖에 없었어요."

진풍이 조심스럽게 변명을 꺼냈지만, 아버지는 전혀 알아듣는 기색이 아니었다.

"백화장의 안전? 그건 또 무슨 소리냐?"

"모르셨어요?"

"모르긴 뭘 모른다는 말이냐? 모용수린이란 아가씨를 구한 것과 백화장의 안전 사이에 대체 무슨 연관이 있다는 것이냐?"

자신이 오해했다는 사실을 깨달은 진풍이 머리를 긁적였다.

"그게 좀 설명하기 복잡한데……."

진풍이 슬쩍 말꼬리를 흐렸다.

다행히 아버지는 거기에 대해서 더 추궁하지 않았다.

그리고 한층 누그러진 목소리로 넌지시 말씀하셨다.

"모용수린이란 아가씨가 찾아왔었다."

"모용 소저가요?"

"널 꼭 만나야 한다면서 기다리고 있다."

"그래요?"

모용수린이 이 야심한 시각까지 자신을 기다리고 있다는 얘기를 들은 진풍이 고개를 갸웃거렸다.

그녀가 자신을 찾아올 용건이 딱히 없다는 생각이 들었기 때문이었다.

그사이 아버지가 다시 질문을 던졌다.

"둘이 어떤 사이냐?"

"별 사이 아닌데요."

"나쁜 놈!"

"저…… 아버지 아들인데요?"

"같이 한방에서 밤을 지새운 사이거늘 별 사이가 아니라고? 모름지기 사내라면 책임을 질 줄 알아야 하는 법이다."

그제야 아버지가 저리 흥분하시는 이유를 알게 된 진풍이 변명을 꺼냈다.

"오해예요. 정말 별 사이 아니거든요?"

아직 할 말이 남은 듯 보이는 아버지를 지나친 진풍이 백화장 안으로 들어섰다.

그리고 아버지의 말씀대로 모용수린이 기다리고 서 있었다.

"여긴 무슨 일로 찾아왔어요?"

모용수린을 다시 만나니 반가운 마음이 드는 건 어쩔 수 없었다.

그러나 애써 내색하지 않고 무뚝뚝한 목소리로 물었다.

그런데 모용수린의 반응이 조금 이상했다.

자신이 던진 질문에 바로 대답하지 않고 빤히 바라보기만 했다.

그리고 숨결이 닿을 거리까지 서슴없이 다가왔다.

"왜, 왜요?"

살짝 당황한 진풍이 한걸음 뒤로 물러났지만, 거리는 벌어지지 않았다.

모용수린이 한 걸음 더 다가왔기 때문이었다.

"왜 솔직하게 말하지 않았어요?"

"뭐, 뭘요?"

"내가 끝까지 모를 줄 알았어요?"

"대체 무슨 얘기를 하는……."

진풍은 말을 끝맺지 못 하고 도중에 입을 다물 수밖에 없었다.

모용수린이 예고도 없이 달려들었기 때문이었다.

피하고 자시고 할 겨를도 없었다.

엉거주춤하게 서 있던 진풍은 모용수린에게 안겼다.

'어? 어?'

이건 전혀 예상치 못했던 반응이었다.

그래서 어떤 대처도 하지 못하고 멍하니 서 있던 진풍의 시선이 아버지와 딱 마주쳤다.

모용수린의 과감한 애정 행각에 놀라신 걸까?

입을 쩍 벌린 채 시선을 떼지 못하고 계시는 아버지와 시선이 마주치고 나니, 괜히 쑥스러웠다.

그래서 모용수린을 밀어내려고 한 순간이었다.

향긋한 꽃내음과 비슷한 향기가 콧속으로 파고들었다.

그리고 가슴에 전해지는 뭉클한 감촉까지.

모용수린을 밀어내려던 진풍의 손이 멈추었다.

그런 진풍의 손이 모용수린의 등을 감쌌을 때였다.

아버지가 천천히 다가왔다.

그리고 민망하리만치 빤히 바라보시던 아버지가 한참만에 입을 떼셨다.

"아들, 코피 난다."

◉

주르륵.

코피가 쉬이 멈추질 않았다.

이러다가 진짜 죽는 게 아닐까 살짝 걱정이 되긴 했지만, 그리 나쁘지는 않았다.

그 이유는 곁을 떠나지 않고 극진히 간호하며 걱정스런 시선을 던지고 있는 모용수린 때문이었다.

"진짜 괜찮아요?"

"이 정도로는 끄떡없어요."

"코피가 멈추질 않는데……."

"약 먹으면 돼요."

모용수린을 안심시키기 위해서 진풍이 히죽 웃으며 대답했다.

그리고 이건 사실이었다.

좀 아깝긴 하지만, 최악의 경우에는 보진단을 먹으면 됐으니까.

지금은 코피가 줄줄 흐르는 것보다 이 좁은 공간에 모용수린과 함께 있는 것이 더 중요했다.

"왜 감췄어요?"

"뭘요?"

"마교 청해지단으로 찾아와서 날 구해 준 게 서 소협이란 사실 말이에요."

모용수린이 눈을 흘기며 따지듯 추궁했다.

하지만 그런 그녀의 모습조차도 무척 예뻐 보였다.

그래서 진풍이 시선을 떼지 못 한 채 대꾸했다.

"감춘 적 없어요."

"하지만……."

"말할 기회가 없었던 거죠."

선대수는 여자에게 뭔가를 감추려 들지 말고 솔직하게 모든 것을 털어놓으라고 충고했다.

그리고 진풍은 그 충고를 가슴에 새긴 채 지키려고 했다.
다만 그 사실을 밝힐 기회가 없었을 뿐이었다.
"내게 물은 적이 없잖아요."
"듣고 보니 그러네요. 솔직히 말하면 그동안 서 소협일 거라고 상상조차 못 했어요."
"왜요?"
"너무 달랐으니까요."
모용수린의 대답을 들은 진풍이 쓰게 웃었다.
지금 자신은 스스로 생각해도 한심하게 느껴질 정도로 뚱뚱했다.
반면에 보진단을 복용했을 때의 자신은 호리호리하게 느껴질 정도로 날씬했다.
모용수린이 동일인이라고 생각하지 못한 건 어쩌면 당연했다.
"그래서 실망했어요?"
진풍이 잠시 고민하다가 넌지시 물었다.
당연히 실망했을 거라 예상했는데, 모용수린의 반응은 예상과 달랐다.
"실망하지 않았어요."
"정말요?"
"네. 뚱뚱하든 날씬하든 위기의 순간에 나타나서 날 구해 준 게 서 소협이라는 건 변하지 않으니까요."
힘주어 대답하는 모용수린의 눈빛은 따스했다.

그래서 진풍의 입가에 머물러 있던 미소가 짙어졌을 때였다.

"하나만 물어봐도 돼요?"

"뭔데요?"

"어떻게 살이 그렇게 갑자기 빠졌다가 쪘다가 할 수 있어요?"

"그게 약 때문이에요."

"약요?"

"보진단이라고 지독하게 쓴 약이 있어요."

"그럼…… 다시 살이 빠질 수도 있어요?"

"한두 번 정도는요. 물론 아주 잠깐이지만."

"그렇구나."

모용수린의 두 눈에 살짝 실망스런 기색이 스치고 지나가는 것을 진풍은 놓치지 않았다.

그래서 진풍이 다시 한 번 환골탈태에 대한 의욕을 불태우고 있을 때였다.

"전 그만 일어나 봐야겠어요."

"벌써 가는 거예요?"

모용수린과 헤어질 생각을 하니 아쉬웠다.

그래서 진풍이 묻자, 모용수린이 미안한 표정을 지은 채 대답했다.

"중요한 일이 있어요."

"그 중요한 일이 뭔지 물어봐도 돼요?"

"무림맹 청해지부를 맡고 계신 유성용 대협, 알아요?"

"알죠. 같이 술도 마셨던 사이니까."

여덟 살 때였으니까 아주 오래전 일이기는 했지만, 영재 발굴대회 청해성 예선에서 우승했던 진풍은 유성용과 함께 술자리에 앉아 있었다.

"유 대협과 함께 마교 청해지단으로 찾아가기로 했어요. 천살귀를 시켜서 절 납치한 것에 대해 정식으로 항의를 하겠다고 하네요."

"고작 항의요?"

"네, 항의. 나름대로는 고민한 결과일 거예요. 유 대협, 겉모습과 달리 많이 소심한 편이거든요."

씁쓸하게 웃고 있는 모용수린을 바라보던 진풍이 입을 열었다.

"가지 말아요."

"가야 해요. 당사자인 내가 가서 증언을 해야 하거든요."

"갈 필요 없어요."

"갈 필요가 없다? 그건 무슨 뜻이에요?"

"아무도 없을 거거든요."

"마교 청해지단에 사람이 없을 리가 없어요."

"다 죽었어요."

"……?"

"내 눈으로 확인했어요."

모용수린은 진풍의 말을 쉽게 이해하지 못 했다.

그래서일까?

입을 꾹 다물고 있는 모용수린을 확인한 진풍이 침묵을 깨트렸다.

"못 믿겠어요?"

"솔직히…… 못 믿겠어요."

"왜요?"

"다른 곳도 아닌 마교 청해지단이니까요."

"그럼 방법이 없네요."

"……?"

"찾아가서 직접 확인해 봐요."

진풍의 이야기를 들은 모용수린이 결심을 굳힌 듯 일어섰다.

그리고 막 방을 나서기 전에 몸을 돌려 질문을 던졌다.

"만약에…… 그러니까 이건 진짜 만약인데. 서 소협의 말이 사실이라고 쳐요. 혹시 서 소협이 한 일인가요?"

☯

무림맹 청해지부의 무인들을 잔뜩 이끌고 마교 청해지단으로 찾아가는 유성용은 말이 없었다.

긴장해서일까?

무서우리만치 굳어져 있는 유성용의 낯빛은 창백하리만

치 질려 있었다.

오죽했으면 유성용을 안심시키기 위해서 무슨 말이라도 건네고 싶을 정도였다.

그러나 안타깝게도 모용수린에게는 그럴 여유가 없었다.

"내가 아니에요."

서진풍의 방을 빠져나오기 직전에 마지막 질문을 던졌을 때, 서진풍은 자신이 한 일이 아니라고 대답했다.

"그럼 대체 누가 한 일이에요?"

그래서 모용수린이 다시 물었지만, 서진풍은 그 질문에는 대답해 주지 않았다.

그저 곤란하다는 표정을 지은 채 쓰게 웃었을 뿐이었다.

'천살귀와 척운경을 동시에 죽일 수 있을 정도의 고수가 청해성에 있을까? 만약 있다면 대체 누굴까? 어디에 속한 자일까? 아니, 가만……. 서 소협의 말이 과연 사실일까? 아직 사실인지도 모르는 상황이잖아.'

의문이 꼬리에 꼬리를 물고 일어났다.

그리고 이 의문을 풀어내기 위해서 가장 급한 것은 마교 청해지단이 멸문했다는 서진풍의 말이 사실인가를 확인하는 것이었다.

아침 해가 산등성이 너머로 고개를 살짝 내밀었을 때, 모용수린은 마교 청해지단에 도착했다.

서진풍의 말이 사실인지 여부를 어서 확인하고 싶었다.

그러나 유성용은 답답하게 느껴질 정도로 느리게 움직였다.

"이상하군. 너무 조용해."

"아침이니까요."

모용수린이 가볍게 대꾸했지만, 유성용은 제대로 듣지도 않고 마교 청해지단을 이리저리 살피기 바빴다.

"이상한 건 그것만이 아닐세. 왜 수위무사가 없을까?"

"그건…… 좀 이상하네요."

다른 곳도 아닌 마교 청해지단이었다.

비록 이른 시간이라고 해도 정문을 지키는 수위 무사들이 보이지 않는다는 건 분명히 이상했다.

"대체 이유가 뭘까?"

유성용은 아까부터 한 발자국도 떼지 않은 채 머뭇거리기만 했다.

"혹시 함정일까?"

갖가지 추측과 의혹만 꺼내 놓고 있는 유성용을 지켜보고 있던 모용수린이 더 참지 못 하고 입을 열었다.

"그 의혹을 풀 수 있는 방법은 하나뿐입니다."

"그 방법이 뭔가?"

"직접 들어가서 확인해 보는 거죠."

유성용을 남겨 둔 채 모용수린이 앞장서서 마교 청해지단으로 다가갔다.

"멈추게."

"……."

"함정일 수도 있네."

"……."

"거기 멈추라니까!"

유성용이 명령했지만, 모용수린은 무시했다.

어차피 마교 청해지단과 일전을 벌이기 위해서 찾아온 것도 아니었다.

고작 일전의 납치 사건에 대해 항의를 하기 위해 찾아왔을 뿐이었다.

그런데 마교 청해지단의 단주인 척운경이 미리 함정을 파 놓고 기다리고 있을 리가 없지 않은가.

후우.

길게 한숨을 내쉰 모용수린이 손을 뻗었다.

끼이익.

마교 청해지단의 문을 손으로 밀자, 잠겨 있지 않던 문은 힘없이 열렸다.

그리고 살짝 열린 문틈을 통해서 마교 청해지단의 내부를 살피던 모용수린의 신형이 그대로 얼어붙었다.

"역시 함정이로군!"

"……"

"어서 돌아오게."

유성용이 아까부터 뭐라고 계속 소리쳤지만, 제대로 귀에 들어오지도 않았다.

마교 청해지단에 속한 마교도들이 바닥에 쓰러져 있는 것을 자신의 눈으로 직접 확인한 모용수린이 두 눈을 치켜 떴다.

'서 소협의 말이 사실이었어!'

반신반의하고 있었는데…….

서진풍이 했던 말은 모두 사실이었다.

"어서 오지 않고 대체…… 이게 대체 무슨 일인가?"

어느새 곁으로 다가왔던 유성용이 넋이 나간 표정으로 곳곳에 죽어 있는 마교도들을 바라보다가 물었다.

"대체 누가 이런 엄청난 일을 벌인 건가?"

"저도 그게 궁금하네요."

마교 청해지단의 마교도들을 모두 죽인 게 누구의 작품인가는 모용수린 역시 궁금해하고 있는 것이었다.

그래서 솔직히 말하자, 유성용이 창백하게 질린 낯빛으로 혼잣말을 중얼거렸다.

"이거 난리 났군."

8장
백화장을 세상에서 지우겠다는구나

탁.

관유정이 술잔을 내려놓으며 심각한 표정을 지었다.

"꿈이 심상치 않다 했더니."

백화장주의 둘째 아들인 서진풍에게 무공을 가르친 것이 벌써 어언 십년 전.

그간 서진풍을 까맣게 잊고 살았다.

그 이유는 서진풍이 이미 죽었거나, 용케 살아 있어도 폐인이 됐을 거라고 확신했기 때문이었다.

그런데 서진풍은 예상과 달리 멀쩡히 살아 있었다.

그리고 관유정이 여태까지 철저하게 숨기고 있었던 백일장의 비밀까지 다 알고 나타나서는 협박까지 했다.

"형님, 대체 무슨 일이길래, 그리 심란해하시는 겁니까?"

관유정이 상념에서 깨어난 것은 청해삼절 가운데 둘째인 유도강이 슬쩍 눈치를 살피며 질문하고 나서였다.

그리고 영문도 모른 채 불려 온 청해삼절의 막내 허도식 역시 호기심 깃든 눈으로 지켜보고 있음을 깨달은 관유정이 본론을 꺼냈다.

"문제가 하나 생겼네."

"백일장에 문제가 생겼습니까? 형님께서 세운 백일장은 현재 청해성 내에서 최고의 성세를 구가하고 있는 것을 알고 있는데."

"백일장이 문제가 아닐세."

"그럼?"

"백화장이 문제지."

"백화장요? 거기가 어딥니까? 새로 생긴 무관입니까?"

십 년은 결코 짧은 시간이 아니었다.

유도강이 벌써 백화장을 제대로 기억조차 하지 못 한다는 것이 증거였다.

"십 년 전, 저희가 한 소년을 가르친 적이 있지 않습니까? 그 소년이 백화장 장주의 아들이었습니다."

그나마 허도식은 조금 나았다.

아직 백화장을 제대로 기억하고 있었다.

"아, 이제야 기억이 나는군. 그 녀석이 무척 뚱뚱했던 것도 기억이 나. 그런데 그 녀석 이름이 뭐였더라?"

"그 소년의 이름까지는 저도 기억나지 않습니다."

"뭐, 이름이 중요한 건 아니지."

"어차피 지금쯤 죽었을 테니까요."

유도강과 허도식이 나누고 있는 대화를 가만히 듣고 있던 관유정이 짤막한 한숨을 내쉬며 입을 뗐다.

"그 아이 이름이 서진풍이었네."

"서진풍? 아, 형님의 말씀을 듣고 보니 기억이 나는군요."

"저도 기억이 납니다. 형님, 기억력이 대단하십니다."

허도식이 감탄했지만, 관유정은 고개를 흔들었다.

"나도 그간 서진풍이란 이름을 까맣게 잊고 살았네."

"……?"

"……?"

"얼마 전에 다시 만났기 때문에 알 수 있었지."

관유정이 솔직히 털어놓자, 유도강과 허도식의 두 눈에 동시에 놀란 감정이 깃들었다.

그리고 유도강이 재빨리 물었다.

"그 아이, 그러니까 서진풍을 다시 만났다는 겁니까?"

"맞네."

"당연히 죽었을 거라 여겼건만……."

"나도 그리 생각했지."

관유정이 동의하듯 고개를 끄덕이는 사이, 골몰히 생각

에 잠겨 있던 허도식이 끼어들어 질문을 던졌다.

"어때 보였습니까?"

"여전히 뚱뚱하더군. 아니, 예전에 비해 훨씬 더 뚱뚱해졌더군."

"지금 뭘 하고 있었습니까?"

"쟁자수라더군."

"쟁자수요?"

"그래, 맹호표국의 쟁자수였네."

"그럼 역시……."

허도식이 도중에 입을 다물고 말끝을 흐렸다.

하지만 관유정은 그가 하려고 했던 말이 무엇인지 짐작할 수 있었다.

"잠력격발술 때문에 폐인이 됐던 거로군요."

허도식이 하고자 했던 말은 아마 이것이었으리라.

관유정이 슬쩍 미간을 찌푸리며 고개를 흔들었다.

"중요한 건 그게 아닐세."

"그럼 뭐가 중요한 겁니까?"

"서진풍이 알고 있네."

"뭘 알고 있다는 겁니까?"

"잠력격발술!"

"네?"

"쉽게 말해 우리가 어떤 짓을 한 건지 알고 있다는 거지."

비로소 말뜻을 알아들은 유도강과 허도식의 표정이 심각하게 변했다.

하지만 아직 끝이 아니었다.

진짜 중요한 문제는 따로 있었다.

"협박을 하더군."

"무슨 협박이요?"

"백일장의 비밀을 세상에 알리겠다고."

관유정의 말이 끝나자, 유도강과 허도식의 표정이 더욱 심각하게 변했다.

그 표정 변화를 확인한 관유정이 한숨을 내쉬었다.

백일장!

백일이면 뛰어난 고수가 될 수 있다고 세상에 알려진 백일장에는 비밀이 있었다.

잠력격발술.

백화장에서 서진풍을 가르친 대가로 관유정이 얻은 것은 염왕채의 늪에서 빠져나올 수 있는 거액의 돈만이 아니었다.

백일장을 세워서 재기할 수 있는 단서도 얻었다.

강호의 무인들이 가장 원하는 것은 무공이 상승해서 고수가 되는 것이었다.

그것도 최대한 빠른 시간 안에 고수가 되기를 원하는 게 대부분이었다.

그래서 관유정은 잠력격발술을 조금 변형시켜서 빠른 시간 안에 고수가 될 수 있는 무공을 창안했다.

물론 장기적으로는 진기가 손상되어서 해가 되겠지만, 잠력격발술을 변형시킨 덕분에 빠른 시간 안에 문제가 드러나지는 않았다.

그리고 관유정의 예상대로 백일장에는 고수가 되고 싶어 하는 무인들이 몰려들어 순식간에 북적였다.

이것이 백일장이 성공한 비결.

절대로 세상에 알려져서는 안 될 비밀이기도 했다.

"요구 조건이 뭡니까, 돈입니까?"

허도식이 던진 질문을 받은 관유정이 고개를 흔들었다.

"돈을 요구하진 않더군."

"그럼?"

"백화장으로 찾아오라더군."

"백화장으로요?"

전혀 예상치 못했던 요구 조건이어서일까?

허도식이 의아한 표정을 지은 채 물었다.

"왜일까요?"

"거기까진 나도 모르겠네."

백수가 어쩌고저쩌고.

일자리가 어쩌고저쩌고.

당시에 서진풍은 분명히 그런 말을 했었다.

그러나 제대로 귀에 들어오지도 않았고, 딱히 중요하게 느껴지지도 않았기에 관유정은 그 말을 꺼내지 않았다.

"그렇지 않아도 백화장으로 한 번 찾아갈 생각이었는데 초대까지 받았으니 오히려 잘된 셈이지."

관유정이 대신 살기를 드러내며 입을 열었다.

그리고 그 살기를 접한 허도식이 눈치 빠르게 의중을 알아챘다.

"살인멸구를 하실 생각이십니까?"

"예전으로 돌아갈 순 없지."

관유정이 쓰디쓴 술을 삼키며 말했다.

염왕채에 시달리며 허덕이던 예전의 기억은 그저 떠올리는 것만으로도 끔찍했다.

관유정은 지금의 생활에 만족하고 있었고, 다시는 그 시절로 돌아가고 싶지 않았다.

"그걸 위해서라면 비밀을 지켜 내야지."

"그렇지만……."

"늘 마음에 걸렸어. 이번 기회에 마음속의 짐을 치워 버리는 것도 나쁘지 않겠지. 물론 자네들도 함께 하겠지?"

관유정의 말이 끝나자, 유도강이 주저하지 않고 대답했다.

"당연히 함께해야지요."

"자네는?"

"어쩔 수 없지요."

지은 죄가 있어서일까?

허도식도 마지못한 표정으로 고개를 끄덕이는 것을 확인한 관유정이 다시 술잔을 채우며 혼잣말을 하듯 입을 열었다.

"어렵게 생각할 것 없어. 아주 간단한 일이니까."

◒

천마 마선풍이 슬쩍 미간을 찡그렸다.

'술맛 떨어지게시리.'

아까부터 집무실로 찾아온 용건을 꺼내지 못 하고 우물쭈물하고 있는 구유서로 인해 신경이 거슬렸다.

이미 오랫동안 곁에 두고 지켜봐 왔기 때문에, 구유서가 저런 식으로 행동하는 데는 다 이유가 있다는 사실을 알고 있었다.

본교에 뭔가 큰 문제가 생겼는데, 자신의 눈치를 살피느라 선뜻 말을 꺼내지 못하고 주저하고 있는 것이었다.

"마뇌!"

"……"

"왜 대답 안 해?"

"전 마뇌가 아닙니다."

"그럼 넌 누군데?"

"마설입니다."

"마설?"

"교주님께서 지난번에 마설로 별호를 바꾸라고 명하셨습니다."

"내가 그랬었나?"

이미 술맛이 떨어진 상황이었다.

탁!

그래서 술잔을 탁자 위에 탁 소리가 나게 내려놓은 마선풍이 기억을 더듬었다.

구유서의 얘기를 듣고 나니 그런 말을 했던 기억이 났다.

하지만 그건 어디까지나 농담이었다.

'고지식한 새끼!'

평소에는 더럽게 말을 안 듣더니 이런 건 또 기가 막히게 말을 잘 들었다.

"무슨 일이야?"

"문제가 하나 생겼습니다."

"똥 마려운 강아지처럼 어쩔 줄 모르고 빌빌거리는 것만 봐도 문제가 생겼다는 건 알고 있어. 대체 그 문제가 뭐야?"

"청해지단에 문제가 생긴 듯합니다."

"청해지단?"

신교 청해지단에 대해 듣는 순간, 마선풍은 일전에 구유서가 보고했던 것이 떠올랐다.

무림맹주가 애지중지한다고 알려진 용봉단의 무인들이

색마 선대수를 처단하기 위해서 청해성으로 움직였다고 했다.

하지만 색마 선대수를 처단하는 것은 표면상의 이유.

진짜 임무는 따로 있을 거라고 구유서는 보고했었다.

그래서 그 진짜 임무를 알아내라고 지시했는데, 그 후의 진행 상황에 대해서는 아직 들은 바가 없었다.

"비밀 임무가 뭔지 밝혀냈어?"

"그게…… 아직입니다."

"아직? 일처리가 왜 이렇게 늦어? 청해지단에 있는 놈이 누구야?"

"신교 청해지단의 단주는 척운경입니다. 그리고 천살귀가 보좌하고 있습니다."

"척운경? 천살귀? 그 새끼들은 뭘 하느라 이리 꾸물대는 거야? 전부 다 한 번 싹 갈아엎어 버릴까?"

마선풍이 농담을 던졌다.

그러나 구유서는 웃지 않았다.

여전히 심각한 표정으로 조심스럽게 입을 열었다.

"그게…… 어려울 것 같습니다."

"왜? 척운경이랑 무슨 사이기라도 해? 친인척이야?"

"그런 게 아닙니다."

"그럼?"

"연락이 닿지 않습니다."

"연락이 닿지를 않는다고?"

선뜻 이해가 가지 않는 말이었다.
그래서 마선풍이 의아한 시선을 던지고 있자, 구유서가 식은땀까지 흘려 가며 다시 입을 뗐다.
"아무래도 멸문한 듯합니다."
"멸문? 누가?"
"현재로서는 생존자가 없는 것으로 보입니다."
"감히 어떤 놈이 신교를 건드려?"
술이 확 깼다.
감히 신교를 건드리다니.
쾅!
화를 참지 못 하고 벌떡 일어난 마선풍이 탁자를 주먹으로 후려쳤다.
대리석으로 만들어진 탁자가 산산조각 난 순간, 마선풍이 신법을 펼쳐 구유서의 목덜미를 움켜쥐었다.
"교…… 주님!"
"목을 확 꺾어 버리기 전에 우물쭈물하지 말고 제대로 말해."
"방금 말씀드린…… 대로입니다."
"누구냐니까?"
"그건 아직……."
"무림맹주가 벌인 짓이야?"
"아닙니다. 무림맹주는…… 움직이지 않았습니다."
"그럼? 무림맹 청해지부가 독단적으로 움직였다?"

"지금 확인 중에…… 있습니다."

숨이 막혀서일까?

홍시처럼 낯빛이 벌겋게 변한 구유서를 노려보던 마선풍이 목덜미를 잡은 손에 들어가 있던 힘을 풀었다.

"켁켁!"

간신히 숨통이 트이자 바닥에 주저앉은 채 헛기침을 해 대는 구유서를 노려보며 마선풍이 물었다.

"무림맹 청해지부를 맡고 있는 놈이 어떤 놈이지?"

"유성용…… 이란 자입니다."

"유성용? 어떤 놈이야?"

"현재까지 보고된 바로는 우유부단하고 소심한 자입니다."

"소심한 새끼가 겁대가리 없이 본 교를 건드려?"

"아무래도 유성용은 아닌 것 같습니다."

"그 새끼가 아니라고? 그럼 대체 누구야?"

"파악 중입니다."

구유서의 대답을 들은 마선풍이 거둬들였던 마기를 다시 흘려 냈다.

"죽고 싶어?"

"……."

"명심해. 파악 중이라는 둥, 모르겠다는 둥 하는 말을 한 번만 더 입 밖으로 내놓으면 넌 바로 대갈통 부서진다."

"알겠습니다."

"자, 다시 묻는다. 어떤 놈의 소행이야?"

"좀 더 조사를 해 봐야겠지만……."

와락!

마선풍이 바닥에 주저앉아 있는 구유서의 멱살을 움켜쥐고 끌어당겼다.

겁에 질려 바들바들 떨고 있던 구유서는 목숨이 경각에 처하자 재빨리 덧붙였다.

"백화장과 연관이 있는 것은 확실합니다."

"백화장?"

마선풍이 인상을 썼다.

재빨리 기억을 더듬어 봤지만 백화장이란 이름은 들어본 적이 없었다.

"어떤 곳이지?"

"십 년 전까지는 청해성에서 이름을 조금 날리던 장원이었지만, 지금은 거의 망한 것이나 다름없는 곳입니다."

"다 망한 장원이라고?"

"그렇습니다."

"그러니까 다 망해 가는 백화장이 청해지단을 멸문시켰다고?"

"그게 좀 이상하긴 합니다."

"이상하긴 합니다?"

"하지만 여태까지 본산에 보고된 청해지단의 활동을 살펴보면 그 중심에 백화장이라는 곳이 있습니다. 그래서 좀 더 확실하게 조사해서 파악을 해 보려고……."

또 조사와 파악 타령을 하고 있는 구유서를 노려보던 마선풍이 소리쳤다.

"보름 준다!"

"네?"

"보름 안에 누가 한 짓인지 알아내서 보고해. 안 그러면 넌 진짜 죽는다!"

"알겠…… 습니다."

구유서가 바람 같이 집무실을 빠져나갔다.

그리고 혼자 남겨진 마선풍이 어둠에 물든 창밖을 바라보며 미간을 찌푸렸다.

"백화장?"

◐

쪼르륵.

서만석이 술병을 들어 술잔을 채웠다.

평소에는 술을 즐기지 않는 서만석이었지만, 오늘처럼 기쁜 날 술 한잔을 아니 할 수 없었다.

"녀석, 참."

모용수린을 꽉 끌어안고 있던 진풍이의 모습을 떠올리는 것만으로도 기뻤다.

그래서 자꾸 실실 웃음이 새어 나왔다.

"드디어 미쳤어요?"

서문화경이 어김없이 끼어들어 초를 쳤지만, 서만석은 웃으며 대꾸했다.

"기적이 일어났소."

"기적요?"

"진풍이가 짝을 찾다니."

그간 서만석의 가장 큰 고민거리는 백화장을 옥죄고 있던 염왕채였다.

그 염왕채의 덫에서 간신히 벗어난 순간, 또 다른 고민이 생겼다.

바로 십 년만에 돌아온 진풍이었다.

"사람 구실은 겨우 할 수 있게 됐대요."

비정상적으로 뚱뚱하게 변한 채 돌아온 진풍이 처음 꺼낸 말을 듣고서, 서만석은 기가 막혔다.

그리고 진풍은 간신히 사람 구실을 할 수 있게 됐다고 말했지만, 서만석이 보기에는 아니었다.

전혀 사람 구실을 못 할 것처럼 보였다.

그래서 애가 탔다.

잘나든 못나든 자식이라는 사실은 바뀌지 않았다.

그래서 어떻게든 진풍이를 장가보내고 자식을 낳아서 다른 사람처럼 어엿하게 살게 만들어 주고 싶었다.

그렇지만 도저히 불가능해 보일 것처럼 느껴졌었는데.
말 그대로 기적이 일어났다.
진풍이 녀석에게 짝이 생길 줄이야.
그것도 진풍이의 아비라는 입장이 아니라 객관적으로 보더라도 아주 괜찮은 여자였다.
얼굴도 예쁘고, 배경도 대단했으니까.
"흥, 굼벵이도 구르는 재주가 있긴 하네요."
서문화경은 영 마뜩잖은 목소리로 말했다.
그리고 그 반응이 서만석의 빈정을 상하게 만들었다.
"당신 반응이 왜 그 모양이오?"
"내가 뭘요?"
"진풍이는 당신 자식이 아니오?"
"내 뱃속으로 낳긴 했죠."
"언제는 진풍이가 우리 백화장을 일으켜 세울 기재 중의 기재라더니."
"내가 언제 그런 말을 했어요? 기억이 안 나요."
오리발을 내밀고 있는 서문화경을 흘겨보며 서만석이 비아냥거렸다.
"흥, 내게 시집오지 말고 정치를 하지 그랬소? 아주 잘했을 것 같은데."
"뭐욧?!"
서문화경의 목소리가 뾰족하게 변하는 것을 느낀 서만석이 찔끔하며 고개를 돌리고 딴청을 부릴 때였다.

"지금 술이나 마시고 있을 때예요?"

"오늘 같이 좋은 날 술을 안 마시면 대체 언제 마시겠소?"

"당신은 이래서 안 돼요. 백화장이 이 모양 이 꼴인 데는 다 이유가 있어요."

"그게 무슨 말이오?"

"이 좋은 기회를 그냥 날릴 셈이에요?"

"기회?"

"모용세가를 등에 업었잖아요. 이건 백화장이 청해성 최고의 자리에 올라설 수 있는 절호의 기회라고요."

서문화경이 살짝 격앙된 목소리로 말했지만, 서만석은 시큰둥하게 대꾸했다.

"아직 혼인도 안 했는데."

"곧 할 거잖아요."

"또 김칫국부터 마시는구려."

서문화경을 탓하긴 했지만, 서만석도 귀가 솔깃해지는 건 사실이었다.

진풍이가 모용수린과 혼인만 한다면, 호랑이가 날개를 다는 격이었다.

'이제 고생이 끝나 가는구나. 염왕채도 거의 다 갚았고, 순풍이는 맹호표국의 표두가 되었고, 진풍이가 모용수린과 혼인을 해서 모용세가와 사돈까지 맺으면 가히 이보다 좋을 수가 없구나!'

상상만으로도 행복했다.

늘 쓰기만 하던 술이 달게 느껴진 게 대체 얼마만인가?

그래서 서만석의 입가를 비집고 헤실헤실 웃음이 새어 나오고 있을 때였다.

쾅!

보수한 지 얼마 지나지 않은 백화장의 정문이 부서지는 소리가 들렸다.

"또 누가 찾아온 건가?"

슬쩍 미간을 찡그린 서만석이 술잔을 내려놓고 검을 챙겨 들었다.

그리고 밖으로 나갔던 서만석의 표정이 무섭게 굳어졌다.

백화장의 정문을 부수고 들어온 자들의 낯이 익었다.

아니, 낯이 익은 정도가 아니었다.

꿈에도 잊지 못할 정도로 악연으로 얽힌 자들이었다.

서만석을 염왕채의 늪으로 밀어 넣은 장본인들.

"누구예요?"

귀찮은 기색이 역력한 목소리로 묻는 서문화경에게 서만석이 대꾸했다.

"당신이 나와서 직접 보시오."

"대체 누군데……?"

"청해삼절!"

"……."

"설마 이번에도 기억나지 않는다고 말할 생각이오?"
서만석이 비꼬듯이 물었지만, 서문화경은 대답하지 않았다.
피가 날 정도로 입술을 꽉 깨문 채 청해삼절을 노려보기만 했다.
그 반응을 확인한 서만석이 십 년 동안 연락도 없다가 예고도 없이 불쑥 백화장을 찾아온 청해삼절에게 물었다.
"무슨 염치로 여길 찾아온 거요?"
"초대를 받았소."
"초대? 대체 누가 당신들을 초대했단 말이오?"
"서진풍!"
관유정이 가슴까지 기른 허연 수염을 손으로 쓸어내리며 대답하는 것을 들은 서만석이 미간을 좁혔다.
진풍이가 이들을 초대한 것 때문에 화가 난 것이 아니었다.
서만석이 진짜 화가 난 이유는 청해삼절의 태도 때문이었다.
"정말 뻔뻔하구려."
"뭐가 말이오?"
"사과부터 하는 게 순서이지 않소?"
"사과라……. 우리가 왜 사과를 해야 하는 것이오?"
"지금 뭐라 했소?"
"우리를 서진풍의 무공 스승으로 초빙한 것은 서 장주

곁에 있는 부인이었소. 그리고 우린 약속대로 서진풍을 청해성 예선에서 우승시켰소. 안 그렇소?"

"그건……."

곰곰이 따지면 틀린 말은 아니었다.

그렇지만 서만석은 화가 가라앉지 않았다.

그리고 그사이, 관유정이 덧붙였다.

"굳이 사과를 바라는 듯하니 하겠소. 미안하오."

"뭐가 미안하다는 거요?"

"지금부터 백화장을 세상에서 지울 거요."

"……?"

"미리 사과하겠소."

한참만에야 관유정의 말뜻을 알아들은 서만석이 기막힌 표정을 지었다.

청해삼절!

세상 사람들은 청해삼절을 협의지사로 알고 존경했다.

그러나 청해삼절이 감추고 있는 진면목은 추악하기 그지없었다.

"대체 이유가 뭐요?"

"그건 나중에 저 세상에서 서진풍에게 물어보시오."

"후안무치한 놈들! 이런 짓을 하다니 하늘이 두렵지도 않느냐? 그리고 내가 순순히 당할 것 같으냐!"

"흥! 서 장주에게 우릴 막을 능력이 있소?"

관유정이 코웃음을 쳤다.

저 반응을 확인하고 나서 화가 머리 꼭대기까지 치밀어 올랐지만, 서만석은 검을 곧추세우고 달려들지 못했다.

억울한 일이었지만 청해삼절을 제압할 실력이 없었기 때문이었다.

"빌어먹을!"

백화장의 독문무공인 봉추검법의 후반부 초식들만 유실되지 않았더라도 이렇게 무력하지 않았을 텐데.

너무 분해서 눈물이 왈칵 쏟아질 지경이었다.

그래서 서만석이 이를 악 물고 있을 때였다.

"순풍아! 잘난 내 아들 순풍아!"

서문화경이 언성을 높여 순풍이를 불렀다.

그리고 한참만에 방에서 기어 나온 순풍이가 곁으로 다가와 물었다.

"또 누구예요?"

"청해삼절이다."

"청해삼절이요?"

"그래."

"청해삼절이 왜 찾아왔는데요?"

"백화장을 세상에서 지우겠다는구나."

놀란 표정을 감추지 못하고 있던 순풍이가 잠시 뒤 귓속말을 건넸다.

"아버지, 도망가죠."

9장
백화장에서 일하세요

모용수린에게는 괜찮다고 말했지만, 전혀 괜찮지 않았다.

몸이 천근만근처럼 무거웠다.

'이러다 진짜 죽는 거 아냐?'

모용수린을 만날 때마다 코피가 쏟아졌다.

어렵게 모용수린의 마음을 얻는 데까지는 성공했지만, 입맞춤이라도 하다가는 정말 죽을지도 모르겠다는 걱정이 들었다.

목숨을 걸고 입맞춤을 해야 하다니.

"저주받은 육체!"

진풍이 한숨을 푹푹 내쉬었다.

처음부터 이랬던 것은 아니었다.

이 모든 것은 청해삼절이 비기인 양 전수해 줬던 잠력격발술 때문에 진원진기가 손상됐기 때문이었다.

그래서 청해삼절을 떠올리면서 진풍이 이를 바드득 갈 때였다.

"순풍아! 잘난 내 아들 순풍아!"

어머니의 다급한 목소리가 들려왔다.

그제야 상념에서 깨어난 진풍이 침상에서 몸을 일으켰다.

엉금엉금 기어서 방문 앞까지 다가간 진풍이 살짝 문을 열고 밖을 살폈다.

그리고 백화장으로 찾아온 손님이 청해삼절이라는 사실을 확인하고 히죽 웃었다.

"생각보다 일찍 왔네!"

초대를 했으니 백화장으로 찾아올 거라고 예상했다.

진풍의 예상보다 조금 더 빠르긴 했지만, 그건 그만큼 마음이 조급해서이리라.

"손님을 맞을 준비를 해야지."

엉금엉금 기어서 청해삼절을 맞이할 수는 없는 노릇.

진풍이 봇짐을 뒤졌다.

그리고 두 개 남은 보진단 가운데 하나를 꺼내 지체 없이 삼켰다.

"큭!"

이미 한 번 경험해 보긴 했지만, 익숙해진 것은 아니었다.

보진단은 여전히 지독히 썼다.

다시 뱉어 버리고 싶은 것을 꾹 참고, 진풍이 가부좌를 틀고 앉았다.

땀구멍이 열리며 노폐물이 빠져나온 탓에 시큼한 냄새가 진동했다.

그렇게 얼마나 시간이 흘렀을까?

물 먹은 솜처럼 무겁던 몸이 솜털처럼 가볍게 변한 것을 느낀 진풍이 감았던 눈을 번쩍 떴다.

우드득.

고개를 좌우로 꺾어 어딘가 낯선 몸 상태를 점검한 진풍이 히죽 웃었다.

"다 죽었어!"

쾅!

거침없이 방문을 열어젖힌 진풍이 천천히 청해삼절을 향해 걸어갔다.

☯

순풍이는 무공에 재능이 없었다.

자식의 일이라서 서만석이 가장 잘 알았다.

솔직히 말하면 순풍이가 맹호표국의 표두로 일하고 있는

것이 아직도 이해가 가지 않을 지경이었다.

그럼에도 혹시나 하고 기대를 품은 것은 서문화경 때문이었다.

"순풍이는 영재가 틀림없어요. 우리 순풍이가 영재가 아니면 세상천지 또 누가 영재겠어요?"

단 한 점의 의심도 깃들지 않은 맹목적인 믿음.

서문화경에게서 계속 그 얘기를 듣다 보니, 어쩌면 자신이 제대로 보지 못하고 놓친 것이 있을지도 모르겠다는 생각이 들었다.

그러나 서만석은 청해삼절 가운데 막내인 허도식과 맞서 싸우고 있는 순풍이를 보면서 자신의 생각이 틀리지 않았다는 것을 알아챘다.

순풍이는 공격은 엄두도 내지 못했다.

오직 수비에만 급급했다.

그나마도 당장 허도식의 검에 상처를 입어도 이상하지 않을 정도로 위태롭기 그지없었다.

"보고 있소? 저게 순풍이의 진면목이오."

"당신은 강호의 격언도 몰라요?"

"격언? 무슨 격언 말이오?"

"본신 실력의 서 푼은 감춘다는 격언요."

"당신 말은 지금 순풍이가 실력을 감추고 있다는 거요?"

"그래요."

"내가 보기에는 감출 실력도 없어 보이는데."

"뭐욧?"

"흥분하지 말고 당신도 잘 보시오. 그 잘난 실력을 감추다가는 금방 죽겠소."

"자식이 다 죽게 생겼는데 한가하게 그런 소리나 늘어놓으며 구경만 할 거예요?"

서문화경이 재촉하지 않았더라도 서만석은 검을 들고 나설 생각이었다.

작심을 하고 찾아온 걸까?

허도식의 검에는 살기가 가득했고, 순풍이가 감당하기에는 역부족이었다.

"정파의 탈을 썼을 뿐, 사악하기가 마교도를 능가하는구나."

쩌엉!

서만석이 소리를 지르며 순풍이의 머리 위로 떨어지고 있던 허도식의 검을 막아 내기 위해 검을 휘둘렀다.

한 점의 양심은 남아 있어서일까?

허도식의 눈빛이 순간 흔들리며 날카롭던 검이 무뎌졌다.

덕분에 허도식의 검을 막아 내는 데 성공한 서만석이 안도의 한숨을 내쉬었을 때였다.

풀썩.

순풍이가 쓰러졌다.

혹시 큰 상처를 입은 게 아닐까 걱정돼서 살폈지만, 그건 아니었다.

그저 기절한 것뿐이었다.

'이런 순풍이가 영재라면 세상 천지에 영재 아닌 놈이 없겠군!'

고개를 절레절레 흔들던 서만석이 검을 고쳐 쥐었다.

이제 혼자서 청해삼절을 모두 상대해야 했다.

물론 그게 불가능하다는 것은 서만석 본인이 가장 잘 알았다.

청해삼절의 막내인 허도식의 검을 막아 낸 순간, 하마터면 검을 놓칠 뻔했던 것만 봐도 알 수 있었다.

'봉추검법의 후반부 초식들만 유실되지 않았더라도.'

안타까운 마음이 들었지만, 어차피 바뀌는 것은 없었다.

'어쩐 일로 요새 일이 잘 풀린다고 했더니. 오늘로 백화장이 끝나겠구나.'

서만석이 한숨을 내쉬며 죽음을 각오한 채 검을 들었을 때였다.

벌컥!

거칠게 방문이 열리는 소리가 들려왔다.

'진풍이 녀석인가?'

고개를 돌려 확인할 시간도 없었다.

착각일까?

허도식의 검이 순간, 셋으로 갈라졌다.
진짜 검은 하나, 나머지 둘은 허상.
하지만 모두 진짜 검인 것처럼 세 곳의 요혈을 노리고 파고드는 검신을 마주하자, 서만석의 눈앞이 아득해졌다.
'왼쪽!'
가장 위협적으로 느껴지는 왼쪽 검이 진짜일 것이라고 판단한 서만석이 검을 휘둘렀다.
휘익!
그러나 서만석이 휘두른 검은 텅 빈 허공만을 갈랐다.
'가운데가 진짜였어!'
뒤늦게 허상이 아닌 진짜 검의 위치를 파악한 서만석이 곧 닥칠 죽음을 직감하고 막 눈을 감으려 할 때였다.
쐐애액!
채앵!
뭔가가 날아드는 소리와 함께 가슴으로 파고들고 있던 허도식의 손에 들려 있던 검의 방향이 바뀌었다.
그리고 한 사내가 다가와 마치 앞을 막아서듯 멈추었다.
"누구……?"
서만석이 의아한 시선을 던지며 사내를 살폈다.
호리호리한 체구와 어울리지 않는 기이하리만치 넓은 품새의 흑의무복을 확인하니, 서만석은 사내의 정체를 알아냈다.
지난번, 어디선가 나타나 추상화를 비롯한 용봉단원들을

쓰러트리고 홀연히 사라졌던 사내였다.

하지만 사내는 정체를 밝혀 서만석의 호기심을 풀어 주지 않았다.

"잠깐…… 쉬세요."

사내가 건넨 말을 듣고 나니, 갑자기 견디기 힘들 정도로 잠이 쏟아졌다.

서만석이 눈을 감지 않기 위해 필사적으로 애를 썼지만 천근만근처럼 무거워진 눈꺼풀은 어느새 감겨 버린 후였다.

◎

관유정이 슬쩍 눈살을 찌푸렸다.

백화장을 찾아가서 서진풍을 포함한 백화장과 연루된 자들을 모두 죽이는 것은 아주 간단한 작업이라고 판단했다.

그리고 그 판단은 정확히 맞아떨어지는 것처럼 보였다.

백화장의 장주인 서만석은 삼류 무인이었다.

그런만큼 전혀 문제가 될 것이 없었다.

서만석의 첫째 아들인 서순풍이란 놈이 맹호표국의 표두라는 사실을 알고 조금 걱정했는데 그 걱정은 기우에 불과했다.

대체 이런 놈이 어떻게 표두가 됐을까 의아할 정도로 형편없었으니까.

이제 서진풍만 찾아서 죽이면 걱정거리가 모두 사라진다고 판단했을 때, 한 사내가 등장했다.

펄럭펄럭.

체구에 어울리지 않는 크고 넓은 품새의 흑의무복을 입고 나타난 사내를 관유정이 두 눈을 가늘게 뜨고 살폈다.

'고수잖아!'

흑의 사내가 한 일이라고는 돌멩이를 던져서 청해삼절의 막내인 허도식의 검을 쳐 낸 것이 전부였다.

그러나 그 한 수만으로도 관유정은 흑의사내가 범상치 않은 고수임을 직감했다.

'대체 누구지?'

아무런 사전 조사도 없이 백화장을 찾아온 것은 아니었다.

미리 조사해 본 결과, 백화장은 거의 다 망해 가고 있었다.

당연히 백화장에 적을 둔 무인은 아무도 없었다.

그런데 지금 홀연히 등장한 이 흑의사내는 대체 누구란 말인가?

관유정이 사내의 정체에 대해 고민하는 사이, 사내는 부지런히 움직였다.

서만석과 백화장의 안주인인 서문화경의 수혈을 짚어서 고이 바닥에 뉘였고, 기절한 서순풍을 끌고 와 곁에 함께 뉘였다.

그제야 천천히 고개를 들고 자신을 빤히 바라보고 있는 흑의사내를 향해 관유정이 정체를 물었다.

"네놈은 누구냐?"

"진짜 몰라? 며칠 전에 봤잖아."

"……"

"무공 스승들이 제자도 못 알아봐? 잠력격발술도 알려 줬잖아."

"설마……?"

"나야…… 서진풍!"

관유정이 놀란 표정을 감추지 못 하고 흑의사내를 바라보았다.

불과 며칠 전에 서진풍을 만났었다.

그리고 당시의 서진풍은 비정상적이라 느껴질 정도로 압도적으로 뚱뚱했다.

그런데 고작 며칠 사이에 어찌 이리 바뀔 수가 있단 말인가?

유도강과 허도식 역시 의아한 시선을 던지고 있었지만, 관유정은 그 시선을 깨달을 여유조차도 없었다.

'사실일까?'

관유정이 반신반의하는 시선으로 흑의사내를 바라보았다.

고작 며칠 사이에 저렇게 체형이 급격히 변하는 것에 대해서는 들어 본 적이 없었다.

게다가 서진풍은 일개 쟁자수였다.

무공을 전혀 모르던 쟁자수였는데, 지금 눈앞에 서 있는 흑의사내는 범상치 않은 기도를 뿜어내고 있었다.

'이게 가능해?'

관유정의 고민이 깊어질 때, 스스로 서진풍이라 밝힌 흑의 사내는 하늘을 올려다보며 입을 뗐다.

"두 시진 후면 해가 뜨겠네."

"……?"

"해 뜰 때까지만 맞자."

전혀 알아들을 수 없는 이야기.

그래서 관유정이 다시 의아한 시선을 던질 때, 서진풍이 움직였다.

펄럭.

품새가 넓은 흑의무복이 바람에 펄럭이는 소리가 귓가를 헤집을 때, 관유정은 본능적으로 위기를 느끼고 검을 빼 들려고 했다.

하지만 그럴 시간도 없었다.

퍽!

검병을 움켜쥔 손등에 흑의사내의 손이 닿았다.

그리고 그 손이 가슴을 연달아 두들겼다.

미처 대비할 여유도 없이 속절없이 당하고 있는 관유정의 부릅뜬 두 눈에 흑의사내가 히죽 웃는 것이 보였다.

'진짜 서진풍이야!'

히죽 웃는 얼굴을 바로 앞에서 보고서야 관유정은 흑의 사내가 서진풍이라는 사실을 깨달았다.

그리고 그때, 서진풍이 귓속말을 건넸다.

"좀 많이 아플 거야!"

☯

"맷집이 별로네!"

진풍이 아쉬운 눈길로 청해삼절을 바라보았다.

서둘러 시선을 피하는 청해삼절을 확인한 진풍이 입맛을 쩝 다셨다.

고작 두 개밖에 남지 않은 보진단 중 하나를 먹었다.

애지중지 아끼던 보진단까지 사용한 만큼, 진풍은 아주 독하게 마음을 먹었다.

보진단의 효능이 지속되는 시간은 정확히 두 시진.

진풍은 해가 뜰 때까지 청해삼절을 두드려 팰 계획이었다.

그러나 청해삼절의 맷집이 예상보다 약했다.

결국 해가 뜨기 전에 구타를 멈춘 서진풍이 원래 얼굴을 알아보기 힘들 정도로 부어오르고 터진 채 주저앉아 있는 관유정의 앞으로 다가갔다.

흠칫!

단지 가까이 다가갔을 뿐인데, 관유정은 흠칫 놀라며 신형을 부르르 떨기까지 했다.

백일장의 장주로 기품 있게 늙어 가던 관유정은 지금 없었다.

쉬지 않고 이어진 구타에 겁을 집어먹은 초라한 늙은이가 있을 뿐이었다.

"말 안 듣는 놈들한테는 매가 약이야."

그 반응을 확인한 서진풍이 서괴 사부가 건넸던 말을 떠올리며 희미하게 고개를 끄덕였다.

매사에 극단적이었던 서괴 사부를 진풍은 무척 싫어했다.

가장 지독하게 괴롭혔고, 또 가장 많이 때렸기 때문이었다.

하지만 서괴 사부가 한 말만큼은 사실이었다.

지금 관유정이 보이고 있는 반응이 그 증거였다.

"진짜 서진풍이 맞나?"

"맞다니까요."

"그렇지만……."

"못 믿겠죠? 이미 죽었거나 용케 살아남았어도 폐인이 됐어야 하는데 이렇게 멀쩡한 게 이해가 안 가죠?"

할 말이 없어서일까.

입을 꾹 다물고 있는 관유정을 향해 진풍이 덧붙였다.

"좋은 사부들을 만났거든요. 덕분에 사람 구실을 할 수 있게 됐어요."

"사람 구실이라고?"

"어쨌든 지금은 그게 중요한 게 아니죠. 백일장 정리했어요?"

"그게…… 아직……."

"왜 아직 안 했어요?

"……."

"내가 맞춰 볼까요? 우리 아버지와 어머니, 형, 그리고 나만 죽이면 다 해결된다. 그렇게 판단했죠? 그래서 얼씨구나 내 초대에 응했고. 맞죠?"

"그런 게 아니라……."

"아니긴. 난 솔직한 게 좋아요."

"……."

"아직 시간도 많은데 좀 더 맞을래요?"

체신 따윈 내팽개치고 이리저리 눈동자를 굴리며 계산에 잠겨 있던 관유정은 좀 더 맞자는 말이 끝나기 무섭게 재빨리 대답했다.

"맞네. 부끄럽지만 내가 그런 몹쓸 생각을 했네."

"그럼 어떻게 할래요?"

"응?"

"백일장 정리할래요? 아니면, 더 맞을래요?"

"빠른 시일 안에 정리하겠네."

"닷새 주죠."
"닷새? 그렇게 빨리 정리하라는 건 좀……."
"나흘!"
"알겠네. 닷새 안에 정리하겠네."
관유정이 재빨리 대답하는 것을 들은 진풍이 다음으로 유도강과 허도식의 앞으로 다가갔다.
"두 분은 요새 뭐하세요?"
"무림맹 청해지부의 자문을 맡고 있네."
"현화관의 식객으로 머물고 있네."
앞 다투어 흘러나온 두 사람의 대답을 들은 진풍이 잘라 말했다.
"정리하세요."
"정리를 하라고?"
"그러면 뭘 하라는 건가?"
유도강과 허도식의 눈에 불만이 깃든 것을 확인한 진풍이 재빨리 덧붙였다.
"세 분 모두 할 일이 있어요."
"할 일이 있다고?"
"그게 뭔가?"
의아한 시선을 던지고 있는 청해삼절을 힐끗 살핀 진풍이 대답했다.
"백화장에서 일하세요."
워낙 뜻밖의 제안이었던 탓일까?

청해삼절의 반응은 격렬했다.

"백화장에서 일을 하라고?"

"진심인가?"

"대체 무슨 일을 하라는 건가?"

그 격렬한 반응을 확인한 진풍이 히죽 웃으며 대답했다.

"문지기요!"

"문지기?"

"요새 백화장을 찾아오는 불청객이 많거든요."

진풍이 청해삼절을 백화장으로 초대한 진짜 이유는 바로 이것이었다.

근래 들어 불순한 의도를 가진 채 백화장을 찾는 자들이 늘어났고, 진풍은 그로 인해 한참을 고민했다.

자신이 백화장에 있을 때라면 상관이 없지만, 만약 자신이 없을 경우에 불청객들이 찾아온다면 가족들이 위험에 처할 가능성이 높았다.

그래서 고심한 끝에 떠올린 생각이 바로 청해삼절을 끌어들여서 백화장을 지키게 만드는 것이었다.

물론 청해삼절은 진풍의 제안에 순순히 응하지 않았다.

"그게 무슨 말도 안 되는 소린가? 나 관유정일세. 청해삼절의 맏형이자, 백일장의 장주가 바로 나일세!"

"무림맹의 자문을 맡던 내게 고작 문지기를 하라고?!"

"문지기라니…… 너무 심하군."

다시 한 번 돌아오는 청해삼절의 격렬한 반응을 확인한

진풍이 일일이 대꾸하는 대신, 허공으로 시선을 던졌다.
동쪽 하늘이 서서히 밝아지고 있었다.
그러나 아직 날이 밝기 전까지 시간은 충분했다.
그것을 확인한 진풍이 불만이 가득한 표정을 짓고 있는 청해삼절을 일별한 후에 천천히 입을 뗐다.
"아직 덜 맞았네요."

☯

백문성은 느긋했다.
마교 청해지단이 단 한 명의 생존자도 남기지 않고 멸문했다는 소식을 전했음에도 불구하고 눈도 깜짝하지 않았다.
"그런 일이 있었나?"
마치 남의 집 불구경하듯 무심한 목소리로 한마디를 꺼낸 후, 다시 책상 위세 쌓인 서류를 뒤적이고 있었다.
"맹주님!"
제갈휘가 참지 못하고 언성을 높인 후에야, 마지못한 표정으로 서류를 덮었다.
그리고 건성으로 물었다.
"청해지부를 맡고 있는 게 누군가?"
"유성용입니다."
"유성용? 아, 기억이 나는군. 꽤나 우유부단한 성격으로 알고 있는데, 이런 일이 청해성에서 벌어졌으니 벌써 며칠째 잠도 못 자고 있겠군."

백문성은 무림맹 청해지부를 맡고 있는 유성용을 걱정했다.

그러나 제갈휘가 판단하기에 지금은 유성용을 걱정할 때가 아니었다.

마교 청해지단이 멸문을 당한 것은 무척 심각한 사안이었고, 최악의 경우에는 정마대전으로 번질 가능성도 농후했다.

그래서 제갈휘의 마음이 조급해졌지만, 유성용은 제갈휘의 타는 마음도 모른 체 화제를 돌렸다.

"혹시 기억나나?"

"뭘 말씀하시는 겁니까?"

"무림맹 영재발굴대회 말일세."

제갈휘가 기억을 더듬었다.

그리고 한참만에야 무림맹 영재발굴대회에 대해서 떠올리는 데 성공했다.

현 무림맹주인 백문성의 맹주 취임을 기념하여 마련한 대회가 바로 무림맹 영재발굴대회였다.

하지만 무림맹 영재발굴대회는 첫 번째 대회를 마지막으로 막을 내렸다.

처음부터 백문성의 맹주 취임을 기념하기 위해 급조했던 대회였기도 했고, 대회 도중에 불상사도 벌어졌기 때문이었다.

"그 얘기는 갑자기 왜 꺼내시는 겁니까?"

"불쑥 떠올라서 말이지. 당시에 불상사가 있지 않았나?"

"무림맹 영재발굴대회의 각 성별 예선의 우승자들이 동시에 납치된 것을 말씀하시는 겁니까?"

"그래. 그런 일이 있었지."

당시의 일이 떠올라서일까.

백문성이 슬쩍 미간을 찌푸리는 것을 확인한 제갈휘가 한숨을 내쉬었다.

비록 단발로 끝나 버리긴 했지만, 제일회 무림맹 영재발굴대회에 대한 반응은 실로 뜨거웠다.

각 성에서 내놔라 하는 영재들이 모두 참가했고, 치열한 경쟁을 뚫고 예선에서 우승한 영재들의 면면은 화려했다.

그러나 사단이 벌어진 것은 그 영재들이 무림맹에서 벌어지는 본선에 참가하기 위해서 이동할 때였다.

각 성의 예선에서 우승한 영재들이 한꺼번에 사라졌다.

누군가에게 납치를 당했던 것이었다.

영재들이 납치당했다는 것을 알아챈 무림맹에서는 당시 최선을 다해서 납치된 영재들을 찾아 나섰다.

그러나 아무 소득도 없었다.

마치 하늘로 솟거나 땅으로 꺼진 것처럼 각 성의 예선을 통과한 영재들은 흔적도 없이 사라져 버렸다.

그런 엄청난 일이 벌어진 만큼 무림맹은 발칵 뒤집어졌다.

당연히 무림맹 영재발굴대회는 시작이었던 일 회를 끝으로 폐지됐다.

'대체 왜 그 이야기를 꺼내는 거지?'

갑자기 십 년 전 이야기를 꺼내고 있는 백문성을 향해 의아한 시선을 던지고 있을 때, 그가 식어 버린 차를 한 모금 마신 후 다시 입을 뗐다.

"청해성은 달랐네."

"……?"

"무림맹 영재발굴대회 청해성 예선을 우승했던 영재는 본선을 위해서 무림맹으로 이동하기도 전에 납치됐다네."

"그랬습니까?"

"그 영재의 이름이 아마…… 서진풍이었을 걸세."

'서진풍?'

백문성의 이야기를 들은 제갈휘가 기억을 더듬었다.

강호에서 조금이라도 이름을 날리고 있는 무인들이라면 모두 머릿속에 입력되어 있었지만, 서진풍이라는 이름은 찾을 수 없었다.

"지금 그 이야기를 꺼내시는 이유가 있습니까?"

"딱히 없네."

"……?"

"그냥 갑자기 생각이 나서 말이지."

대수롭지 않은 목소리로 말하는 백문성을 물끄러미 바라보던 제갈휘의 마음속에 불쑥 한 가지 의문이 떠올랐다.

'그들은 어떻게 됐을까?'

치열한 경쟁을 뚫고 제일회 무림맹 영재발굴대회 각 성의 예선에서 우승을 차지한 영재 중의 영재들은 누군가에게 납치됐다.

'모두 죽었을까?'

그 후로 그들을 목격한 사람도 아무도 없었다.

그래서 모두가 죽었을 거라고 말했지만, 진실은 누구도 알지 못했다.

끝까지 밝혀지지 않았으니까.

'정말 마교의 소행이었을까?'

당시 영재들을 납치한 범인으로 가장 유력하게 여겨진 것은 마교였다.

그러나 어떤 증거도 남아 있지 않았으니, 추측에 불과했다.

누구의 소행인지는 아무도 몰랐다.

제갈휘가 예전 기억을 더듬고 있을 때, 백문성이 찻잔을 들어 올리며 말했다.

"너무 신경 쓰지 말게."

"하지만……."

"최악의 경우라고 해도 정마대전이 벌어지는 게 다일 테니."

백문성은 이번에도 대수롭지 않은 목소리로 말했다.

그러나 제갈휘는 침착할 수 없었다.

정마대전!

정과 마가 전쟁을 벌인다면 엄청난 피가 흘러 강호를 적시리라.

그래서 제갈휘가 마른침을 삼킬 때, 백문성이 질문을 던졌다.

"그보다 색마 선대수는 찾았나?"

☯

집무실에 홀로 남겨진 백문성은 찻잔 대신 술잔을 들었다.

도무지 이해가 가지 않는다는 표정을 감추지 못 하고 있던 제갈휘의 얼굴이 떠오른 백문성이 쓴 웃음을 지었다.

그런 제갈휘의 반응이 이해가 갔다.

제갈휘는 마교 청해지단이 멸문당한 것보다 색마 선대수에게 더 신경을 쓰고 있는 자신을 이해하기 힘들었으리라.

하지만 백문성의 입장에서는 어쩔 수 없었다.

마교 청해지단보다 색마 선대수가 훨씬 더 중요했으니까.

"묵영!"

천천히 술잔을 비운 백문성이 아무도 없는 텅 빈 공간을 향해 입을 열었다.

그리고 그 말이 끝나기 무섭게 흑의를 입은 사내가 천장에서 떨어져 내렸다.

기척조차 느끼기 힘들 정도로 놀라운 신법.

하지만 백문성은 그 신법에 감탄하는 대신 술병을 들어 비어 버린 술잔을 채우며 물었다.

“알아봤나?”

“움직였습니다.”

“움직였다고? 확실한가?”

“확실합니다.”

가득 채운 술잔을 입으로 가져가던 백문성의 손이 도중에 멈추었다.

그리고 묵영이라 불렀던 흑의사내를 향해 시선을 던졌다.

“맹호표국으로 향했나?”

“그렇습니다.”

“그래. 드디어 움직였군.”

희미한 미소를 입가에 머금은 백문성이 입속으로 술을 털어 넣었다.

길고 긴 기다림이 끝나서일까?

소문난 독주였지만, 술은 달았다.

“무척 재미있어지겠군.”

백문성의 입가에 머물러 있던 미소가 짙어졌다.

그리고 비어 버린 술잔을 다시 채우던 백문성이 묵영에게 지시했다.

“계획대로 움직이게.”

10장
한마디로 문지기지

"어서 일어나 봐요."

눈꺼풀이 천근만근이었다.

그래서 조금만 더 자고 싶었지만, 서문화경이 이리저리 흔들어 대며 소리를 지르는 통에 결국 서만석이 눈을 떴다.

"왜 이리 난리요?"

"그걸 몰라서 물어요? 지금 팔자 편하게 잠이 와요?"

"응?"

"어젯밤 일이 정말 기억 안 나요?"

"어젯밤 일?"

서문화경의 채근으로 인해 억지로 몸을 일으키던 서만석이 흠칫했다.

평소에 서문화경이 꺼내는 말은 틀린 게 대부분이었지만, 이번만큼은 서문화경의 말이 옳았다.

지금은 팔자 편하게 드러누워 잘 때가 아니었다.

“청해삼절!”

버럭 소리를 지른 서만석이 우선 주변을 살폈다.

낯익은 방 안의 풍경을 확인한 서만석의 눈에 코까지 골아 가며 잠들어 있는 순풍이가 보였다.

서문화경은 뾰족한 목소리로 채근을 하고 있었고, 순풍이는 세상모르게 곯아떨어져 있는 걸로 봐서 특별히 이상이 있는 것으로 보이진 않았다.

그제야 일단 안도의 한숨을 내쉰 서만석이 간밤의 기억을 더듬었다.

‘청해삼절이 예고도 없이 찾아왔었지. 순풍이는 공포에 질려서 기절을 했고, 나도 금세 위기에 처했었지. 근데 어떻게 전부 멀쩡하지? 청해삼절이 도중에 마음이 바뀌어서 그냥 돌아갔던 건가?’

기억을 더듬어 가며 추리를 하던 서만석이 이내 고개를 흔들었다.

간밤에 백화장으로 쳐들어왔던 청해삼절은 살기를 풀풀 풍겼던 것으로 봐서 독하게 마음을 먹고 찾아온 것처럼 보였다.

그런 청해삼절이 도중에 마음이 바뀌어서 돌아갔을 확률은 낮았다.

'그럼 이게 어떻게 된 일이지? 정말 순풍이가 실력을 감춘 고수였나? 아, 그래. 그 청년이 다시 나타났지.'

워낙 경황이 없던 탓에 어렴풋하던 기억이 선명하게 되살아나기 시작했다.

그리고 그 청년이 했던 말이 귓가에 되살아났다.

"잠깐…… 쉬세요."

청년이 시킨 대로 일단 푹 쉬긴 했다.

이제 문제는 밖의 상황이었다.

"일단 밖으로 나가서 상황을 살펴봐야겠소."

"괜찮겠어요?"

서문화경이 두려운 표정을 지은 채 꺼낸 질문을 들은 서만석이 검을 챙기며 대답했다.

"계속 여기 있을 순 없는 것 아니오."

후우…….

길게 숨을 내쉰 서만석이 천천히 방문을 열었다.

그리고 살짝 열린 문틈으로 바깥 상황을 살피던 서만석의 신형이 움찔했다.

문틈으로 청해삼절을 확인했기 때문이었다.

"왜 그래요?"

자신의 반응을 살피고 있던 서문화경이 다급한 목소리로 물었다.

서만석이 그런 그녀에게 서둘러 말했다.

"지금부터 내가 하는 말을 잘 들으시오. 우선 순풍이를 깨우시오. 그리고 순풍이와 함께 뒷문으로 빠져나가시오."

"당신은요?"

"난 최대한 시간을 벌어 보겠소."

"여보……."

"당신이 그렇게 끔찍이 아끼는 순풍이를 죽게 내버려 둘 생각이오? 어서 내가 시킨 대로 하시오."

상황의 심각성을 깨달아서일까.

긴장한 기색이 역력한 표정을 짓고 있던 서문화경의 두 눈에 물기가 고였다.

서문화경의 뺨을 타고 흐르는 눈물을 차마 더 바라보지 못 하고, 서만석이 고개를 돌려 버렸다.

'여기서 죽겠구나!'

죽음을 각오한 서만석이 서둘러 방을 빠져나왔다.

스르릉.

그리고 지체 없이 검을 빼 든 채 호기롭게 소리쳤다.

"덤벼라. 백화장이 아직 망하지 않았다는 것을 알려 주마!"

양손으로 검병을 꽉 움켜쥔 채 청해삼절을 상대할 준비를 하고 있던 서만석이 잠시 뒤 의아한 시선을 던졌다.

청해삼절이 움직이지 않았기 때문이었다.

'대체 왜지?'

서만석이 긴장의 끈을 놓지 않은 채 청해삼절을 유심히 살폈다.

그리고 얼마 지나지 않아 이상한 점을 발견했다.

청해삼절의 얼굴이 엉망이었다.

누구에게 흠씬 두들겨 맞은 것처럼 보이는 청해삼절의 얼굴은 간신히 알아볼 수 있을 정도로 심각했다.

그리고 또 하나 이상한 점이 있었다.

청해삼절에게서는 살의나 투기를 전혀 찾을 수 없었다.

후우…….

하아…….

후아…….

서만석이 마치 약속이라도 한 듯 거의 동시에 긴 한숨을 토해 내고 있는 청해삼절에게 의아한 시선을 던지고 있을 때였다.

청해삼절 가운데 맏형인 관유정이 입을 뗐다.

"부탁이 있소."

"부탁?"

관유정의 말을 들은 서만석이 두 눈을 부릅떴다.

자신을 죽이기 위해서 검을 곧추세우고 달려들 거라 예상했던 관유정은 검을 드는 대신 부탁을 했다.

그래서 서만석이 더욱 의아한 시선을 던지고 있을 때, 관유정이 덧붙였다.

"백화장에서 일하게 해 주시오."

☯

모용수린이 바삐 걸음을 옮겼다.

마교 청해지단이 멸문당한 것은 결코 작은 사건이 아니었다.

자칫하면 정마대전으로 이어질 수도 있는 사안.

가장 급한 것은 누구의 소행인가를 알아내는 것이었다.

그래서 모용수린은 백화장으로 향했다.

모용수린이 유성용과 함께 마교 청해지단으로 찾아가서 두 눈으로 직접 확인하기 전에, 서진풍은 이미 마교 청해지단이 멸문했다는 사실을 알고 있었다.

"만약에…… 그러니까 만약에 그게 사실이라고 쳐요. 서소협이 한 일인가요?"

"내가 아니에요."

혹시나 하는 마음에 질문을 던졌을 때, 서진풍은 자신이 한 일이 아니라고 대답했다.

그 대화를 나누었을 때, 모용수린은 직감적으로 깨달았다.

서진풍이 그 일과 어떤 식으로든 관계가 있다는 사실을.

그리고 서진풍은 마교 청해지단을 멸문시킨 게 누구인지

알고 있다는 사실을.

설마는 현실이 되어 있었다.

그리고 이제는 마교 청해지단을 멸문시킨 것이 누구인지 알아내야 했다.

그래서 백화장으로 서진풍을 만나러 다시 찾아갔던 모용수린은 지난번과 다르다는 사실을 알아챘다.

'수위무사?'

백화장의 정문 앞에 네 사람이 서 있었다.

그 네 사람 가운데 한 명은 서만석이었고, 나머지 세 사람은 처음 보는 얼굴이었다.

"서 장주님!"

모용수린이 다가가 알은 체를 하자, 서만석의 두 눈에 반가운 빛이 떠올랐다.

"자네가 또 무슨 일인가?"

"서 소협을 만나러 찾아왔습니다."

"또? 본 지 얼마나 됐다고 그새를 못 참고 다시 찾아왔나?"

"꼭 확인하고 싶은 게 있어서요."

"다 그렇게 말하지."

"네?"

"이런저런 핑계를 만들어서라도 자꾸 만나고 싶은 마음을 내가 어찌 모르겠나?"

"그런 게 아니라……."

"나도 예전에 그랬다네. 여러 핑계를 만들어서 아내를 만나러 찾아갔었지. 부럽구만, 부러워. 나도 저렇게 뜨겁게 타올랐던 적이 있었는데."

서만석이 던지고 있는 의미심장한 눈빛이 부담스러웠다.

그래서 모용수린이 재빨리 화제를 돌렸다.

"그런데 이분들은 누구신가요?"

모용수린이 수위무사로 보이는 세 사내, 아니, 세 노인을 힐끗 살피며 물었다.

누군가에게 제대로 얻어맞아서일까?

깨지고, 터지고, 붓고.

세 노인의 얼굴은 안쓰럽다는 생각이 들 정도로 엉망진창이었다.

그리고 세 노인은 바닥을 향해 고개를 숙이거나 돌려서 모용수린의 시선을 애써 피하고 있었다.

"우리 백화장의 새로운 수위무사들이네."

"수위무사요?"

"한마디로 문지기지."

서만석의 말이 끝나기 무섭게 세 노인들의 얼굴이 동시에 일그러졌다.

그러나 서만석은 그 반응을 전혀 개의치 않고 말을 이었다.

"필요 없다고 만류해도 무슨 일이 있어도 우리 백화장의 문지기를 하겠다고 워낙 간청하는 바람에 들어주기로 했네."

"아, 네."

"저들이 내게 빚이 좀 있거든."

"빚이요?"

"그렇지 않은가?"

서만석이 세 명의 노인들을 노려보며 말했다.

얼굴을 더욱 일그러트리고 있는 세 노인은 마지못한 표정으로 대답했다.

"……맞소."

그들의 반응을 살피던 모용수린이 의구심을 품었다.

비록 몰골이 형편없다고는 하나, 세 노인의 기도는 범상치 않았다.

서만석의 무공 수위는 삼류와 이류 무사의 사이.

그에 반해서 세 노인은 일류와 절정의 초입 사이였다.

강호에서 가장 중요한 것은 결국 무공 수위란 점을 감안하면 서만석과 노인들 사이의 역학관계는 분명 특이했다.

관계가 역전되어 있다고 해야 할까?

그래서 모용수린은 이들의 정체가 궁금해졌다.

"서 장주님."

"말해 보게."

"그런데 이분들은 대체 누굽니까?"

"자네도 이름은 들어 봤을 걸세. 청해삼절이라네."

"청해삼절이요?"

그 대답을 들은 모용수린은 진심으로 놀랐다.

서만석의 짐작대로 모용수린도 청해삼절에 대해서는 들어 본 적이 있었다.

청해성에서는 가장 유명한 무인들로 손꼽히는 자들이었으니까.

게다가 그들의 강직하고 협의를 중시하는 성품은 중원 전역에 명성을 떨치고 있었다.

그런데 서만석은 그런 그들이 지금 백화장의 수위무사, 쉽게 말해서 문지기가 되겠다고 자청했다고 말하고 있다.

선뜻 믿기 어려운 이야기.

그래서 모용수린이 확인하듯 물었다.

"정말입니까?"

"내가 자네에게 거짓말을 왜 하겠나?"

"하지만 청해삼절이 대체 왜 백화장의 수위무사를……."

"아까 빚이 있다고 하지 않았나?"

서만석이 재차 확인해 줬지만, 모용수린은 여전히 믿기 어려웠다.

그래서 세 노인을 빤히 바라보고 있자, 가슴까지 허연 수염을 기른 노인이 길게 한숨을 내쉬며 말했다.

"우리가…… 청해삼절이 맞네."

"……."

"그리고…… 백화장의 수위무사인 것도 맞네……."

"정말…… 이십니까?"

"슬프지만 사실이네."

처연한 표정을 짓고 있는 청해삼절을 바라보던 모용수린은 놀란 표정을 감추지 못했다.

백화장을 찾아올 때마다 깜짝 놀랄 일이 하나씩 생겼다.

명성이 자자한 청해삼절이 백화장의 수위무사를 맡았다니.

청해삼절이 백화장의 수위무사를 맡게 된 연유에 대해 호기심이 치미는 것은 당연한 수순이었다.

그러나 모용수린은 그 호기심을 꾹 눌렀다.

지금은 한시가 급한 상황이었기 때문이었다.

"장주님."

"말하게."

"서 소협을 지금 만날 수 있을까요?"

"아, 참, 아까 진풍이를 만나기 위해서 찾아왔다고 했었지? 근데 이걸 어쩌나? 진풍이 녀석은 지금 없는데……."

왜일까?

서만석의 입에서 서진풍이라는 이름이 흘러나온 순간, 청해삼절의 신형이 오한에 걸린 것처럼 부르르 떨리는 것을 모용수린은 놓치지 않았다.

'서 소협과 청해삼절 사이에도 무슨 연관이 있는 건가?'

의문이 자꾸 쌓여 갔지만, 모용수린은 우선 발걸음을 돌렸다.

그리고 서진풍을 만나기 위해서 맹호표국으로 찾아갔지

만, 이번에도 헛걸음이었다.

맹호표국의 국주인 서만석을 대신해서 자신을 맞이한 최 집사는 서진풍이 표행에 나섰다고 친절하게 일러 주었다.

"표행은 언제 출발했습니까?"

"오늘 아침에 출발했소."

"표행의 목적지는 어디입니까?"

"자청문이오."

"자청문!"

모용수린이 고개를 끄덕였다.

자청문에 대해서는 알고 있었다.

크게 두각을 드러내지는 못했지만, 반백 년이 훌쩍 넘는 긴 세월 동안 명맥을 이어 온 장원이었다.

원하던 답을 얻은 모용수린이 고개를 들었다.

해는 아직 중천에 떠 있었다.

'자청문이라면 여기서 하루 거리야!'

맹호표국에서 자청문까지의 거리를 가늠한 후, 모용수린이 계산을 시작했다.

맹호표국에서 자청문까지 향하는 길은 크게 두 갈래.

길이 험하다고 알려진 지름길을 이용한다면, 맹호표국의 표행이 자청문에 도달하기 전에 따라잡을 가능성은 충분했다.

'서둘러야 해!'

마음이 조급해졌다.

그래서 재빨리 맹호표국을 빠져나오긴 했지만, 모용수린은 바로 자청문으로 출발하지 않았다.

모용수린은 신법을 펼쳐 벽검장으로 향했다.

마교 청해지단의 멸문!

이건 심각한 사안이었다.

마교 청해지단이 멸문당했다는 소식은 이미 마교 본 산에 전해졌을 것이고, 마교에서는 그냥 넘어갈 리 없었다.

비록 마음에 들지 않는 동료라고 해도, 이번 임무를 맡고 함께 움직인 용봉단원들에게 이 소식을 알려서 대비를 하게 만들어야 했다.

하지만 모용수린은 이번에도 헛걸음을 했다.

벽검장에 도착했지만 소식을 전해 줄 용봉단원은 아무도 없었다.

추상화를 비롯한 용봉단원들은 모두 어디론가 움직인 후였다.

"대체 기별도 없이 어디로 간 거야?"

연신 헛걸음을 한 모용수린이 벽검장을 빠져나갔다.

그러고는 자청문을 향해 신법을 펼치기 시작했다.

☯

집무실 탁자 위에 놓여져 있는 한 장의 봉투를 물끄러미 내려다보고 있던 방천호의 입가로 미소가 번졌다.

맹호표국의 역사는 백 년이 훌쩍 넘어갔다.

한때 청해성 최고의 표국으로 명성을 날렸던 적도 있었지만, 그건 벌써 옛날이야기였다.

시간이 흐르고 삼 대째인 아버지 대를 거치면서 맹호표국의 명성은 점점 희미해졌고, 방천호가 국주직을 이어받은 후에는 간신히 명맥만 유지할 때도 있었다.

그러나 이제 다시 상황이 변했다.

명월상단과 거래를 텄고, 특별한 쟁자수들 덕분에 무사히 표행을 마치는 일이 늘어나며 맹호표국의 명성은 다시 올라가기 시작했다.

특급 의뢰.

다시 특급으로 분류된 표물의 의뢰가 들어온 것이 맹호표국이 예전의 성세를 다시 찾아가고 있다는 증거였다.

"대체 뭘까?"

밀봉되어 있는 봉투를 바라보던 방천호가 혼잣말을 중얼거렸다.

이 봉투 안에 든 내용물이 대체 무엇이길래 특급으로 표행 의뢰를 했는가에 대한 호기심이 생기는 것은 어쩔 수 없었다.

그러나 방천호는 치미는 호기심을 억눌렀다.

이번 표행 의뢰를 한 자는 표물에 대해서 밝히지 않기를 원했고, 맹호표국의 국주인 방천호가 할 일은 표물에 대해 쓸데없이 관심을 기울이는 것이 아니라, 무사히 표행을 완

수하는 것이었다.

"누구에게 표물을 맡길까?"

표물은 밀봉된 봉투 하나!

원래라면 표물의 부피가 작았기에 총표두로 표행을 이끌 자신이 표물을 갖고 이동하는 것이 당연했다.

그러나 방천호는 자신의 능력에 대해 잘 알았다.

간신히 일류의 문턱을 밟은 자신의 실력으로는 유사시에 표물을 지키지 못할 가능성이 높았다.

그래서 방천호는 자신보다 실력이 훨씬 뛰어난 특별한 쟁자수들 가운데 한 명에게 표물을 맡기기로 결심했다.

"현 쟁자수나 선 쟁자수가 적임자이긴 한데……."

방천호가 가장 염두에 둔 것은 바로 현무빈과 선만섭이었다.

현무빈은 마교에서도 손꼽히던 초절정 고수인 천살귀를 죽였을 정도로 대단한 실력을 가지고 있었다.

선만섭도 천살귀가 끌고 온 마교도들을 가볍게 처리할 정도로 실력이 뛰어난데다가, 연륜도 갖추고 있었다.

두 사람 중 누구에게 표물을 맡길까 여부를 고심하고 있던 방천호가 잠시 뒤 고개를 흔들었다.

현무빈과 선만섭의 무공 실력이 뛰어나다는 것은 의심의 여지가 없었다.

그러나 마음에 걸리는 것이 있었다.

바로 그들의 신원이 불분명하다는 점이었다.

표두를 맡겨도 충분한 실력을 가지고 있는 그들이었지만, 그들은 스스로 쟁자수로 일하기를 청했다.

그리고 그들이 내건 조건은 하나였다.

바로 확실한 신상명세를 밝히지 않는 것이었다.

지금 방천호가 그들에 대해 알고 있는 것은 이름 석 자가 전부였다.

게다가 그 이름 석 자조차도 진짜 이름인지 확실치 않았다.

특급으로 분류된 표물을 신원이 불확실한 자들에게 맡기는 것은 아무래도 마음이 놓이지 않았다.

그리고 그것은 남궁도도 마찬가지였다.

명월상단과 연관이 있다는 것은 알고 있었지만, 딱 거기까지였다.

정확한 직책도, 이름도, 심지어 맹호표국의 쟁자수로 적을 두고 있는 이유조차도 알 수 없었다.

그런 이유로 한 명씩 제하다 보니, 남은 쟁자수는 딱 한 명뿐이었다.

"서 소협에게 표물을 맡겨야겠군."

한참을 고심하던 방천호가 결국 선택한 것은 서진풍이었다.

현무빈과 선만섭에 비해 실력은 조금 모자랐지만, 백화장주의 둘째 아들인 서진풍은 신원이 확실했기 때문이었다.

"철저하게 준비를 해야지."

마침내 결정을 내린 방천호가 자리에서 일어섰다.

이번 표행은 특급으로 분류된 표행인 만큼, 맹호표국의 비밀 병기들을 모두 총동원할 생각이었다.

그런데 왜일까?

맹호표국의 비밀 병기인 특별한 쟁자수들과 함께라면 걱정할 것이 없다는 확신이 있었지만, 방천호의 마음속 한구석에 깃든 불안감은 쉬이 사라지지 않았다.

☯

"서 소협이 맡아 주게. 아주 중요한 표물이라네."

표행에 나서기 전, 방천호는 밀봉된 봉투를 건넸다.

그리고 봉투를 건네던 방천호의 표정은 심각함을 넘어 비장하기까지 했다.

그 봉투를 봇짐 속에 아무렇게나 쑤셔 박은 후 봇짐을 등에 메고 표행에 나선 진풍이 선대수를 빤히 바라보며 물었다.

"왜 그래요?"

"뭘 말인가?"

"아까부터 자꾸 따라다니고 있잖아요."

"내가 아우님을? 오해일세."

"정말 오해예요?"

"그게……."

"용건이 뭐예요?"

"실은 궁금해서 그러네."

"뭐가요?"

"아우님이 갖고 있는 표물 말일세. 잠깐만 살펴보면 안 되겠는가?"

선대수는 표행이 출발한 직후부터 지금까지 계속 자신의 곁을 떠나지 않고 주변에서 어슬렁거리고 있었다.

그래서 뭔가 이유가 있을 거라 짐작했는데, 그 예상이 맞았다.

"표물에 왜 관심을 갖는 건데요?"

"그냥 좀 궁금해서."

"잠깐 봐도 소용없어요."

"응?"

"밀봉되어 있어서 봉투 안의 내용물을 볼 수가 없거든요."

진풍이 넌지시 거절 의사를 밝혔지만, 선대수는 쉽게 물러나지 않았다.

오히려 두 눈을 빛내며 다시 질문을 던졌다.

"그러니까 표물은 부피가 작은 종이란 뜻이로군."

"그런 것 같네요."

"아우님."

"또 왜요?"

"그 표물을 내게 건네주게. 내가 갖고 있겠네."

"아까는 잠깐 보게만 해 달라고 하더니. 이젠 아예 표물을 내놓으라는 거예요?"

"그럴만 한 이유가 있네."

"그 이유가 대체 뭔데요?"

"아우님을 위해서지."

"날 위해서라고요?"

"맞네. 내 짐작이 틀리지 않다면 그 표물은 무척 위험한 물건이네. 그 표물을 계속 아우님이 지니고 있다가는 심각한 위기에 처할 수도 있다네."

선대수가 굵은 침까지 튀겨 가며 열변을 토해 냈다.

그리고 간절한 시선을 던지고 있었지만, 진풍은 그 시선을 외면한 채 입을 뗐다.

"싫은데요?"

"싫다고? 내 말을 제대로 이해하지 못 했는가 본데……."

"방 국주님이 저한테 이 표물을 맡길 때 아주 중요한 표물이라고 말했어요. 그리고 누구에게도 보여 주거나 넘겨서는 안 된다고 신신당부를 했어요."

"그러니까 결국 거절하겠다는 거로군. 재고의 여지는 없는가?"

"없어요."

선대수는 끝까지 물러나지 않았다.

그리고 그런 선대수에게서 짙은 살기가 흘러나오기 시작했다.

섭선을 꺼내기 위함일까?

선대수의 손이 품속으로 들어가는 것을 확인했지만, 진풍은 당황하지 않고 선대수에게 물었다.

"맹호표국의 쟁자수로 몸담은 것도 이 표물 때문이었죠?"

"그게 무슨 소린가?"

"청해성에는 맹호표국 말고도 수많은 표국들이 존재해요. 그런데 하필 맹호표국으로 찾아온 데는 이유가 있었을 거예요."

"그건 전에도 말했다시피 우연하게……."

"우연이 아니에요."

"……."

"만약 내가 추격을 피해서 도망치는 입장이라면 청해성이 아니라 서역이나 새외로 향했을 거예요. 하필 청해성으로 찾아온 것부터 우연이 아닐 거예요. 맹호표국이 청해성에 위치해 있었기 때문에 청해성으로 찾아왔던 거죠."

정곡을 찔려서일까.

선대수는 말문이 막힌 듯 침묵했다.

그렇게 침묵한 채 한참을 갈등하던 선대수가 살기를 거두어들였다.

그리고 마침내 뭔가 결심한 듯 홀가분한 표정으로 다시

입을 뗐다.

“왜 그리 생각했나?”

“형님은 맹호표국의 쟁자수가 되기에는 너무 고수니까요.”

“그게 다인가?”

“형님만이 아니에요. 현무빈과 남궁도도 고작 쟁자수로 썩기에는 너무 고수죠. 그런 그들이 맹호표국으로 찾아와 쟁자수가 되겠다고 자청한 데는 뭔가 이유가 있을 거라고 판단했죠. 그 이유가 뭘까를 고민해 봤는데 하나뿐이더라고요. 표물.”

진풍의 설명이 끝났을 때, 선대수가 의외라는 시선을 던지고 있었다.

“미처 몰랐군.”

“뭘 몰랐다는 거예요?”

“아우님이 이리 똑똑할 줄은 꿈에도 몰랐네.”

칭찬인지 욕인지 구별하기가 모호한 말이었다.

그러나 진풍은 그걸 따지지 않았다.

그보다 더 중요한 것이 있었기 때문이었다.

선대수는 방금 던진 말을 통해서, 진풍이 했던 추리가 모두 사실이라는 것을 인정한 셈이었다.

“이 표물이 대체 뭔데요?”

“설명하자면 기네.”

“어차피 목적지에 도착하려면 아직 멀었고, 그때까지 딱히 할 일도 없잖아요. 천천히 설명해 주면 되겠네요."

"시간이 많지는 않을 걸세."

"왜요?"

"표물을 노리는 자들이 곧 나타날 테니까."

선대수는 확신에 찬 목소리로 말했다.

그리고 잠시 망설이다가 결심을 굳힌 듯 선대수가 다시 입을 열었다.

"그전에 할 수 있는 데까지는 설명해 주지. 지금 아우님의 봇짐 속에 든 표물은 쉽게 말해서…… 보물 지도네."

"보물 지도요?"

"그래. 엄청난 보물이 숨겨져 있는 비동의 위치가 표시된 지도라네."

11장
엿 먹이세요

간밤에 마셨던 술이 과했던 탓일까?

숙취로 인해 머리가 깨질 것처럼 아팠다.

시원한 꿀물을 한 대접 마시면 원이 없겠다는 생각을 하고 있을 때, 선대수의 눈앞에 대접이 나타났다.

"드세요."

선대수가 손을 뻗었다.

그리고 꿀물이 든 대접이 아니라, 대접을 받치고 있는 하얀 손을 덥석 움켜쥔 채 입을 뗐다.

"역시 당신뿐이야."

"거짓말."

"응?"

"다른 여자들한테도 수없이 똑같은 말을 했다는 걸 내가 모를 것 같아요?"

"들켰네."

"바람둥이."

입술을 삐죽이고 있는 여인은 아름다웠다.

그래서 선대수가 더 참지 못하고 여인의 손을 끌어당겼다.

챙그랑.

시원한 꿀물이 담겨 있던 대접이 바닥에 떨어지며 이불을 적셨다.

그러나 선대수는 개의치 않고 여인을 품 안으로 끌어들였다.

그리고 타는 듯한 갈증을 해소하기 위해서 선대수가 찾은 것은 꿀물이 아니라 여인의 입술이었다.

여인의 입술은 꿀물보다 더 달콤했다.

하지만 갈증은 쉬이 해소되지 않았다.

끝없이 여인의 입술을 탐하던 선대수의 입술이 서서히 아래로 내려갔다.

"하아, 아침…… 이에요."

교성이 뒤섞인 여인의 숨소리가 선대수의 목을 더욱 타게 만들었다.

달짝지근한 살내음이 콧속으로 파고든 순간, 선대수가 더 참지 못하고 여인을 안고 있는 손에 힘을 더했다.

하아. 하아…….

작은 창을 통해 새어 들어오는 아침 햇살이 여인의 하얀 나신을 더욱 눈부시게 만들었다.

아침 공기는 차가웠지만, 방 안의 공기는 이내 뜨거워졌다.

그렇게 뜨거운 시간이 흐르고 나서, 선대수가 가쁜 숨을 토해 내며 다시 침상 위에 드러누웠다.

얼굴이 발갛게 상기된 채 팔을 베고 누워 있는 여인을 가만히 바라보던 선대수가 천천히 입을 뗐다.

"사랑해!"

"거짓말!"

"정말이야. 정말 당신을 사랑해."

여인은 여전히 못 믿겠다는 표정을 지은 채 입술을 삐죽였다.

하지만 선대수는 진심이었다.

자신의 이름 앞에 색협이란 별호가 붙는 동안, 수많은 여인들을 만났다.

그리고 그때마다 사랑을 했다.

하지만 이 여인은 더욱 특별했다.

수많은 여인들을 만나 사랑을 나누었지만, 함께 살고 싶다는 생각이 든 것은 이 여인이 처음이었다.

그리고 사람의 심리란 것은 이상했다.

함께 살고 싶다는 욕심이 생기자, 지나온 여인의 삶이

궁금해졌다.

여인의 지난 과거는 불문율이란 사실을 누구보다 잘 알고 있는 선대수였지만, 호기심을 참을 수 없었다.

그래서 선대수가 조심스럽게 물었다.

"내가 처음이야?"

"그런 건 묻는 게 아니에요."

"정말 궁금해서 그래. 절대 질투하지 않을게."

"정말 질투하지 않을 거예요? 약속할 수 있어요?"

"약속해."

선대수가 확답하자, 여인이 슬며시 두 눈을 감았다.

그리고 기억을 더듬던 여인의 눈꺼풀이 파르르 떨렸다.

"당신이 두 번째예요."

"그랬군."

"지금 질투하는 거죠?"

"아니야."

"질투하는 게 맞는 것 같은데……?"

"아니라니까."

어느새 언성을 높이고 있는 자신을 발견한 선대수가 쓰게 웃었다.

괜히 멋쩍어져서 여인의 길고 부드러운 머리카락을 쓰다듬고 있을 때, 여인이 보석처럼 까만 눈동자를 빛내며 말했다.

"질투할 필요 없어요."

"응?"
"당신보다 훨씬 못난 남자였으니까."
여인의 낯빛이 어둡게 변했다.
그 반응을 통해서 여인이 후회하고 있다는 사실을 알 수 있었다.
더 물어서는 안 된다는 사실을 본능적으로 깨달았지만, 점점 더 치미는 호기심을 억누를 수 없었다.
그래서 선대수가 다시 물었다.
"그러니 더 궁금하네."
"……."
"대체 어떤 남자였어?"
결국 참지 못 하고 질문을 던지고 나서 선대수가 후회하고 있을 때였다.
잠시 침묵을 지키고 있던 여인이 한숨을 토해 내며 대답했다.
"절대 사랑해서는 안 될 사람이었어요."

후우.
선대수가 길게 한숨을 토해 냈다.
그녀의 말이 옳았다.
그녀는 절대 사랑해서는 안 될 사람을 사랑했었다.

금단의 사랑을 한 대가는 가혹했다.

그녀는 죽었다.

그리고 선대수는 이름 앞에 색협 대신 색마라는 별호가 붙은 채 무림공적으로 몰려서 쫓기는 신세가 되었다.

"보물에 대한 욕심 때문에 맹호표국으로 찾아온 거로군요."

서진풍의 질문을 듣고서야 선대수가 상념에서 깨어났다.

그리고 쓰게 웃으며 대답했다.

"욕심이 없다고는 못하겠지. 나도 사람이니까. 하지만 맹호표국으로 찾아온 이유가 보물에 대한 욕심 때문만은 아닐세."

"……?"

"그자에게 묻고 싶었네. 아니, 이것도 솔직하지 못한 대답이로군."

이건 그럴듯한 포장일 뿐이었다.

진짜 속마음은 따로 있었다.

"그자를 엿 먹이고 싶어서라네."

서진풍에게 그동안 꼭꼭 감추고 있었던 솔직한 속내를 털어놓고 나자, 속이 후련해지는 느낌이었다.

그래서 홀가분한 표정을 짓고 있을 때였다.

서진풍이 등에 매고 있던 봇짐을 풀었다.

그리고 봇짐 속에 넣어 두었던 표물인 밀봉된 봉투를 꺼내서 건넸다.

"아우님, 왜 이러나?"

"하세요."

"응?"

"엿 먹이세요."

"아우님은 이 못난 형님을 믿는 건가?"

"색협 선대수는 좋은 강호인이니까요."

서진풍의 말이 선대수의 가슴을 울리게 만들었다.

그래서 선대수가 떨리는 손으로 봉투를 향해 손을 가져갈 때, 서진풍이 입을 뗐다.

"하나만 더 물어도 돼요?"

"뭔가?"

"보물이 뭐예요?"

"보검일지, 영약일지, 아니면 산처럼 쌓인 황금일지는 나도 모르네. 그저 엄청난 보물이 숨겨진 장소라는 것밖에 모르네."

희미하게 고개를 끄덕이는 서진풍에게서 봉투를 막 건네받았을 때였다.

"멈추어라!"

앞장서서 표행을 이끌고 있던 방천호가 명령을 내렸다.

서둘러 고개를 돌린 선대수의 눈에 표행을 막고 서 있는 세 사내가 보였다.

'누구지?'

비교적 젊은 청년들은 처음 보는 얼굴이었다.

그래서 선대수가 두 눈을 가늘게 뜨고 자세히 살피고 있을 때, 세 사내들 중 가운데 서 있던 청년이 소리쳤다.

"색마 선대수를 내놓으시오!"

바드득.

추상화가 이를 갈았다.

'어쩌다 이렇게 엉망진창이 된 거야?'

비밀 임무를 부여받고 청해성으로 돌아올 때까지만 해도 좋았다.

추상화가 오랫동안 꿈꿔 왔던 완벽한 귀환이었으니까.

일이 꼬이기 시작한 것은 서진풍 때문이었다.

하찮은 쟁자수에 불과한 서진풍에게 평소 흠모하고 있던 모용수린이 갑자기 관심을 가지기 시작했다.

그래서 이런저런 핑계를 대서 서진풍과 서진풍이 속해 있는 백화장을 박살 낼 계획을 세웠는데, 계획은 자꾸 꼬여만 갔다.

'그만큼 당했는데 가만히 있을 순 없지!'

내상이 어느 정도 회복되자마자 추상화는 복수를 계획했다.

서진풍, 그리고 서진풍이 속한 백화장을 그냥 내버려 두기에는 직성이 풀리지 않았기 때문이었다.

벽검장의 무인들 가운데 가장 실력이 빼어난 무인 일곱을 추려서 칠흑 같은 어둠에 휩싸인 백화장으로 찾아온 추상화가 물었다.

"준비는 끝났나?"

"소장주님, 명령만 내리십시오."

흑의를 입고 복면까지 착용한 벽검장 무인들로부터 준비를 마쳤다는 대답을 들은 추상화가 더 지체하지 않고 백화장을 향해 걸어가다가 멈추었다.

원래 계획은 백화장의 정문을 부수고 들어가는 것이었다.

그런데 지난번 찾아왔을 때와 다른 점이 있었다.

백화장의 정문 앞에 누군가 서 있었다.

'수위무사?'

백화장의 현재 상황에 대해서는 추상화가 누구보다 잘 알았다.

거의 다 망해 간다고 알려진 백화장에는 남아 있는 무인들이 아무도 없었다.

그런데 대체 어디서 수위무사를 구했을까?

잠시 의문이 깃들었지만, 추상화는 곧 고개를 흔들어 의심을 떨쳐 냈다.

염왕채에 시달리느라 재정 상황이 열악한 백화장에서 실력이 뛰어난 수위무사를 고용했을 리가 없었다.

'어디서 굴러먹다가 폐물 취급을 받는 낭인 하나를 찾아서 헐값에 수위무사로 고용했나 보군.'

재빨리 계산을 마친 추상화가 잠시 멈췄던 걸음을 다시 떼기 시작했다.

그리고 위협하기 위해 검을 빼 든 채 말했다.

"죽고 싶지 않으면 꺼져!"

당연히 잔뜩 겁을 집어먹고 꽁지에 불이 붙은 멧돼지처럼 냉큼 도망갈 거라고 예상했는데.

추상화의 예상은 빗나갔다.

귀찮은 기색이 역력한 표정을 지은 채 빤히 바라보고 있었다.

'늙은이잖아!'

허연 수염을 가슴까지 기른 노인을 확인한 순간, 추상화가 코웃음을 쳤다.

폐물 취급을 받는 낭인을 헐값에 수위무사로 고용했을 거라는 자신의 예상이 틀리지 않았다는 생각이 들어서.

'베어 버리자!'

이깟 낭인에게 낭비할 시간이 없었다.

그래서 추상화가 막 베고 지나가기로 결심한 순간이었다.

"가라."

"……."

"내가 요새 기분이 아주 더러우니까 좋은 말할 때 썩 꺼져라.”

귀찮은 기색이 역력한 표정을 지은 채 볼품없는 늙은이가 꺼낸 말을 들은 추상화가 두 눈을 치켜떴다.

한낱 수위무사에게도 무시를 당할 줄이야.

기가 막혀서 잠시 말문이 막혔던 추상화가 곧 정신을 차리고 늙은이를 노려보았다.

“이 늙은이가 미쳤나? 감히 내가 누군지도 모르고 그딴 헛소리를…….”

“넌 아냐?”

“……?”

“내가 누군지?”

물론 알 리가 없었다.

폐물 취급을 받다가 나이 지긋한 말년에 다 망해 가는 백화장의 수위무사나 하고 있는 이름 없는 낭인들에게까지 관심을 기울일 정도로 추상화는 한가한 사람이 아니었다.

“당연히 모르지.”

“그럼 그냥 가라.”

“이 늙은이가 진짜…….”

“근데 넌 누구냐?”

“나는 추상화다.”

원래는 이럴 계획이 아니었는데.

이 늙은이와 자꾸 말을 섞다 보니 어느새 자신의 정체까지 밝히고 말았다.

"추상화? 처음 들어 보는데……."

"흥, 남의 집 문지기나 하고 있는 한심한 늙은이가 내 이름을 들어 봤을 리 없지. 그럼 다시 설명할 테니 똑똑히 들어. 내가 바로 무림맹 휘하 용봉단의 부단주이자, 벽검장의 소장주인 추상화다!"

추상화가 정체를 밝히자, 늙은이의 눈이 커지는 것이 보였다.

그리고 자신의 진짜 정체를 알고 늙은이가 놀란 것이라 판단한 추상화가 흐뭇하게 웃고 있을 때였다.

"방금 뭐라 그랬느냐?"

"거, 똑똑히 들으라니까. 무림맹 휘하 용봉단의 부단주이자, 벽검장의……."

"그거 말고. 그전에 뭐라고 했느냐?"

"그전에?"

귀찮음을 감수하고 다시 한 번 설명하던 추상화가 도중에 입을 다물고 조금 전 기억을 더듬었다.

"남의 집 문지기나 하고 있는 한심한 늙은이가 내 이름을 들어 봤을 리 없지. 이렇게 말했던 것 같은데……."

"그래, 문지기나 하고 있는 한심한 늙은이라고 그랬지?"

"……."

"감히…… 내게 그런 말을 했지."

체신머리 없이 백화장의 정문 앞에 철퍼덕 주저앉아 있던 늙은이가 몸을 일으켰다.

허리를 쭉 펴고 일어선 늙은이와 마주한 추상화가 순간 움찔했다.

단지 앉아 있다가 일어섰을 뿐인데 볼품없어 보이던 늙은이의 기세가 일변했다.

그리고 두 눈에서 뿜어져 나오고 있는 날카로운 기세를 감당하지 못 하고 자신도 모르게 한 걸음 뒤로 물러났던 추상화가 얼굴을 찡그렸다.

'지, 지금 뭘 한 거야?'

눈앞에 서 있는 늙은이는 고작 문지기였다.

그런 문지기 노인의 기세에 눌려서 자신이 주춤거리며 뒷걸음질을 쳤다는 사실을 깨닫고 나자, 자존심이 구겨졌다.

그래서 추상화가 다시 한 발 앞으로 내딛으며 언성을 높였다.

"그게 왜? 트, 틀린 말도 아니잖아."

"그래⋯⋯ 틀린 말이 아니지."

"⋯⋯?"

"그게 더 짜증이 나는구나."

"무슨 헛소리를⋯⋯."

도무지 알아들을 수 없는 말이었다.

그래서 언성을 높이던 추상화가 급히 입을 다물었다.

늙은이가 허리에 걸려 있는 검을 빼 들었기 때문이었다.

스르릉!

슈악!

군더더기를 찾기 힘들 정도로 깔끔한 발검!

게다가 늙은이의 검은 엄청나게 빨랐다.

검집에서 검이 빠져나왔다고 느낀 순간, 어느새 검극이 목젖 앞으로 다가와 있었다.

'뭐가 이렇게 빨라?'

감탄이나 하고 있을 겨를이 없었다.

재빨리 뒷걸음질을 치며 고개를 뒤로 젖힌 후에야 간신히 목젖을 향해 파고들던 검을 피해 낼 수 있었다.

하지만 아직 끝이 아니었다.

마치 먹잇감을 노리는 독사처럼 늙은이의 검은 집요하게 따라붙었다.

다행인 것은 추상화 혼자서 백화장에 찾아온 것이 아니라는 점이었다.

"소장주님이 위험하다!"

"막아!"

"소장주님을 보호해!"

벽검장 무인들이 제때 나서서 늙은이를 둘러싼 덕분에 추상화는 간신히 위기에서 벗어날 수 있었다.

추상화가 겨우 한숨을 돌리고 있을 때, 상황은 전혀 예기치 못했던 방향으로 흘러갔다.

퍽! 퍽! 퍼버벅!

요란한 타격음이 쉴 새 없이 흘러나오고 있던 것이다.

“큭!”

“크헉!”

그리고 그 타격음이 흘러나올 때마다, 벽검장 무인들의 입에서 신음성이 터졌다.

‘대체 뭐가 어떻게 돌아가는 거야?’

딱히 신경 쓸 것도 없는 폐물이 된 낭인이라고 판단했다.

하지만 그런 늙은이가 지금 보여 주고 있는 실력은 추상화의 입이 쩍 벌어지게 만들고 있었다.

검 대신 검집을 손에 들고 벽검장의 무인들을 개 패듯이 패고 있는 늙은이를 넋을 놓은 채 지켜보고 있던 추상화가 고개를 숙였다.

달달달…….

언제부터였을까?

다리가 떨리고 있었다.

불쑥 짜증이 치밀었다.

‘뭐 이런 개 같은 경우가 다 있어?’

백화장은 분명히 다 망해 가는 장원이었다.

그런데 이렇게 대단한 실력을 가진 무인을 수위무사로 쓴다는 게 도무지 이해가 되지 않았다.

그리고 그사이에도 무시무시한 실력을 가진 수위무사는 멈추지 않았다.

잠시의 시간이 흐른 후, 추상화가 고르고 골라서 데리고 온 백화장의 무인들은 모두 바닥에 쓰러져 있었다.

'이제 어쩌지?'

수위무사인 노인의 실력은 자신이 감당할 수 있는 수준이 아니었다.

그래서 추상화가 일단 이곳을 벗어나야겠다고 결심을 굳히고 재빨리 신형을 돌렸을 때였다.

슥. 스읔.

추상화의 퇴로는 막혀 있었다.

기척도 느끼지 못 했는데 두 명의 노인이 어느새 앞을 가로막고 서 있었으니까.

'고수!'

두 노인이 퇴로를 가로막을 때까지 자신이 기척조차 느끼지 못했다는 것이 이들이 고수라는 증거였다.

"누구요?"

"우리는…… 백화장의 수위무사들이다."

"당신들도 수위무사…… 라고?"

조금 전 벽검장의 무인들을 쓰러트린 노인 하나만으로도 기가 막힐 지경이다.

그런데 그런 노인 셋이 백화장의 수위무사라는 사실을 알고서 추상화는 놀라지 않을 수 없었다.

"말도 안 돼!"

추상화가 참지 못하고 소리를 지르자, 허연 수염을 기른 노인이 말을 받았다.

"그래…… 말도 안 되는 일이지."

"……?"

"그래서 우리도 기분이 더럽구나."

노인이 검 대신 검집을 들어 올렸다.

조금 전 벽검장의 무인들이 제대로 손도 써 보지 못 하고 일방적으로 구타당하던 모습이 떠올라서 추상화가 흠칫할 때였다.

"아까 벽검장주의 아들이라고 했지?"

노인의 질문을 들은 추상화는 정신이 번쩍 들었다.

청해성 내에서 벽검장을 무시할 수 있는 자는 드물었다.

그래서 추상화가 힘껏 고개를 끄덕이자, 노인이 다시 질문을 던졌다.

"백화장의 둘째 아들을 알고 있나?"

백화장의 둘째 아들은 바로 서진풍이었다.

노인이 갑자기 왜 서진풍에 대해 묻는지는 알 수 없었지만, 일단 잘 알고 있기에 추상화가 다시 고개를 끄덕였다.

"잘 알고 있소."

"그래? 그럼 아는 대로 한 번 말해 보거라."

"그건 어렵지 않소만…… 그걸 왜 묻는 거요?"

"아까 얘기하지 않았더냐?"

"……?"

"기분이 더럽다고."

노인이 아래로 늘어트렸던 검집을 다시 들어 올렸다.

그것을 확인한 추상화가 재빨리 입을 열었다.

"한심한 놈이오."

"한심한 놈?"

"고작 쟁자수나 하고 있는 아주 한심한 놈이오."

"그렇구나……."

"……?"

"그렇게 한심한 놈에게 우리가 당했구나……."

왜일까?

서진풍이 한심한 놈이라는 대답을 듣고서 노인들이 뿜어내는 살기가 짙어졌다.

뭔가 잘못됐다는 생각이 퍼뜩 들었지만, 추상화는 자신이 대체 뭘 잘못했는지 도무지 알 수가 없었다.

하나 더 깊이 고민할 시간도 주어지지 않았다.

"넌 아는 게 전혀 없구나. 괜한 시간 낭비를 했어."

노인들이 살기를 뿜으며 다가왔다.

위기를 직감한 추상화가 발악하듯 소리쳤다.

"난 벽검장의 후계자이자, 무림맹 휘하 용봉단의 부단주요!"

그런 추상화의 외침이 있었지만, 노인은 다가오는 걸음을 멈추지 않은 채 대꾸했다.

"그래서 어쩌라고?"

“색마 선대수를 내놓으시오.”

표행을 가로막고 서 있는 세 청년을 바라보던 방천호가 눈살을 찌푸렸다.

표물을 노리고 찾아온 자들이라고 여겼는데, 그게 아니었다.

‘색마 선대수라고?’

뜬금없이 흘러나온 선대수라는 이름은 방천호도 들어 본 적이 있었다.

무림공적 색마 선대수!

수많은 여염집 여인들을 겁간한 것으로 모자라, 끔찍하게 살해하는 악행을 저질러 공분을 사고 있는 인물이었다.

그런데 이해가 가지 않는 것은 그런 선대수를 대체 왜 표행을 가로막고 서서 내놓으라고 소리치는가였다.

“자네들은 누구기에 표행을 가로막는 건가?”

방천호가 세 명의 청년들을 훑어보며 묻자, 세 명의 청년들 중 가운데에 서 있던 금의를 입은 청년이 대답했다.

“무림맹 휘하 용봉단 소속 홍대용이오.”

“용봉단이라고?”

“그렇소.”

“그걸 어찌 믿을 수 있나?”

“직접 보시오.”

홍대용이 품속에서 목패를 꺼냈다.

용봉!

목패 위에는 웅혼한 필체로 용봉이라는 두 글자가 적혀 있었고, 그 아래에는 무림맹주의 직인이 선명하게 찍혀 있었다.

저 목패를 두 눈으로 직접 확인한 이상, 저 청년들이 무림맹 휘하 용봉단의 단원들이라는 것은 의심의 여지가 없었다.

"그런데 아까 색마 선대수를 내놓으라고 했나?"

"그렇소."

"뭔가 크게 착각하고 있는 듯하군. 자네들이 가로막은 것은 맹호표국의 표행일세. 색마 선대수와는 아무런 연관도 없는……."

"착각하지 않았소."

"……?"

"이 표행 안에 색마 선대수가 섞여 있소."

홍대용은 확신에 찬 목소리로 말했다.

"그럴 리가 없……."

절대 그럴 리가 없다고 부인하려 했던 방천호가 흠칫하며 도중에 입을 다물었다.

맹호표국의 표두와 표사들은 모두 신원이 확실한 자들이었다.

그러나 이번 표행에 동참한 특별한 쟁자수들 가운데는 신원이 확실치 않은 자들이 셋이나 있었다.

'서, 설마?'

용봉단원들에게 향해 있던 시선을 뗀 방천호가 설마 하는 심정으로 고개를 돌렸다.

현무빈, 남궁도, 그리고 선만섭.

차례로 훑어보고 있던 방천호의 시선이 마지막 선만섭에게서 멈추었다.

선만섭의 입가에 떠올라 있는 씁쓸한 웃음에 신경이 쓰였다.

그리고 선만섭의 두 눈에 깃들어 있는 미안한 감정을 확인한 순간, 방천호의 머릿속이 헝클어졌다.

"……아니지?"

"……."

방천호가 일말의 기대를 품은 채 질문했지만, 선만섭은 끝내 원하던 대답을 꺼내지 않았다.

"정말 자넨가?"

"미안하오, 방 국주!"

"어찌 이런 일이……."

"놀랐소?"

"당연히 놀랐네. 그리고…… 난 지금까지도 자네가 색마 선대수라는 사실이 믿기지가 않아."

"이유가 뭐요?"

"내게는 사람을 보는 눈이 있네. 그리고 내가 본 자네는…… 대단한 악인과는 거리가 먼 사람이었다네."

그 대답이 마음에 들어서일까.

씨익 웃은 선만섭이 말했다.

"그동안 고마웠소."

"……?"

"보답은 하겠소."

방천호가 말릴 새도 없이 선만섭이 앞으로 나섰다.

그리고 용봉단원들의 강렬한 시선을 피하지 않은 채 입을 열었다.

"맹호표국과는 아무런 상관도 없네. 저기 서 있는 방천호 국주는 내가 색마 선대수라는 사실을 전혀 몰랐어."

선만섭, 아니, 선대수의 이야기를 듣던 방천호가 한숨을 내쉬었다.

조금 전 선대수가 보답은 하겠다고 말한 것은 바로 이것이었다.

맹호표국은 무림공적이나 다름없는 색마 선대수에게 은신처를 제공한 셈이었다.

이것은 분명히 문제가 될 소지가 다분했다.

자칫하면 방천호에게도 책임이 돌아올 가능성이 높았다.

그 사실을 잘 알고 있기에 선대수는 맹호표국에 피해가 갈 것을 염려해서 미리 선수를 친 것이었다.

'어찌해야 할까?'

방천호가 선대수를 바라보았다.

원래라면 이대로 내버려 두는 게 옳았다.

그러나 방천호는 선대수에게 목숨 빚이 있었다.

지난번 표행에서 선대수가 나서서 도와주지 않았다면, 방천호는 이미 이 세상 사람이 아닐지도 몰랐다.

그래서 가슴 속에 돌덩이가 얹힌 것처럼 답답했다.

하지만 선뜻 나설 수가 없었다.

그 이유는 맹호표국 때문이었다.

색마 선대수라는 사실을 몰랐을 때 쟁자수로 받아들인 것과, 색마 선대수라는 사실을 알면서도 나서는 것은 천지 차이였다.

맹호표국의 존폐가 걸렸다고 해도 과언이 아니었다.

그리고 방천호는 맹호표국을 위험에 빠트릴 수 없었다.

결국 선택지는 처음부터 하나였다.

방천호가 두 눈을 가늘게 뜬 채 선대수를 살폈다.

'괜찮소. 다 이해하오.'

선대수가 씨익 웃었다.

그런 그는 그 웃음으로 괜찮다고, 다 이해한다고 말하고 있는 것 같았다.

미안한 마음이 어찌 없을까?

그래서 차마 더 선대수를 바라보지 못하고 방천호가 고개를 돌려서 외면하려고 했을 때였다.

서진풍이 천천히 걸어 나와 선대수의 곁에 서는 것이 보였다.

그리고 그런 서진풍이 말했다.

"색마 선대수는 여기 없어요. 색협 선대수가 있을 뿐이지."

◐

서진풍이 곁에 다가와 서 있는 것을 확인한 선대수가 당혹스런 시선을 던졌다.

자신의 정체가 드러난 이상, 아무도 자신을 돕기 위해 나서지 않을 것이라고 판단했다.

그래서 맹호표국의 국주인 방천호가 미안한 기색을 감추지 못한 채 시선을 외면하는 걸 보았을 때에도 당연하다고 여겼다.

자신은 무림공적이나 다름없는 신세.

무림공적을 비호하기 위해 나섰다가는 함께 무림공적으로 몰리게 될 터였으니까.

그런데 서진풍이 나선 것이었다.

"아우님, 왜 이러나?"

"형님은 맹호표국의 쟁자수니까요."

"하지만……."

"동료가 위험에 처했는데 모른 척 할 수는 없잖아요."

서진풍의 입에서 흘러나온 동료라는 단어가 가슴에 비수처럼 날아와 꽂혔다.

"동료라……."

맹호표국에 적을 두긴 했었다.

그러나 맹호표국을 위해서 일을 한 것은 아니었다.

목적이 있었기 때문에 맹호표국으로 찾아와서 쟁자수로 적을 두고 있던 것뿐이었다.

그래서 동료라는 생각을 품은 적은 없었다.

그저 잠시 스쳐 지나가는 인연일 뿐이라고 생각했는데.

서진풍은 자신을 동료라고 여기고 있었다.

그래서 절체절명의 순간에 위험을 무릅쓰고 이렇게 나선 것이었다.

'멍청한 건지, 정이 많은 건지.'

선대수가 그런 서진풍을 빤히 바라보고 있을 때였다.

"여긴 내가 막을게요. 가세요."

서진풍이 힘주어 말했다.

"저들은 용봉단에 속한 고수들인데……."

"그 정도 실력은 있어요."

"하지만……."

"가라니까요."

서진풍이 재촉하는 것을 들은 선대수가 떨리는 목소리로

물었다.

"나더러 대체 어딜 가란 말인가?"

그 질문은 들은 서진풍이 히죽 웃으며 대답했다.

"엿 먹이러."

◎

'드디어 따라잡았다!'

모용수린이 가쁜 숨을 몰아쉬며 신법을 펼치던 것을 멈추었다.

길이 험한 지름길을 택해서 꼬박 반나절 가까운 시간 동안 쉬지 않고 신법을 펼친 덕분에, 맹호표국의 표행을 따라잡을 수 있었다.

휴식을 취하고 있는 듯 이동을 멈추고 있는 표행을 향해 다가가던 모용수린이 도중에 걸음을 멈추었다.

'저들이 왜 여기 있는 거지?'

좀 더 가까이 다가가서 자세히 살핀 후에야, 맹호표국의 표행을 막고 서 있는 것이 임무를 수행하기 위해서 함께 나선 용봉단원들이라는 사실을 알 수 있었다.

그리고 그게 다가 아니었다.

용봉단원들은 다름 아닌 서진풍과 대치하고 있었다.

'저들이 왜 서 소협을 핍박하는 거지?'

아무리 생각해도 용봉단원들이 서진풍을 핍박할 이유는

없었다.
그래서 모용수린이 당혹스런 시선을 던지고 있을 때, 추상화를 제외한 나머지 세 명의 용봉단원들이 서진풍을 품(品)자 형태로 포위했다.
그리고 서진풍을 공격하기 시작했다.
슈악.
슈아악.
홍대용과 팽문호, 그리고 여건욱이 거의 동시에 검과 권력을 펼쳐 내며 합공을 시작했다.
그리고 그 합공은 단순한 위협이 아니었다.
살기를 감추지 않고 드러내고 있었다.
'위험해!'
일류 고수 셋이 펼치는 합공.
포위당한 채 공격을 당하고 있는 서진풍은 무척 위태로워 보였다.
합공을 감당하지 못하고 서진풍이 검에 난자당하는 모습을 떠올리고 있을 때였다.
출렁.
서진풍의 뱃살이 흔들리고.
그 순간, 서진풍이 움직이기 시작했다.
'빠르다!'
서진풍의 움직임을 살피던 모용수린이 두 눈을 치켜떴다.

압도적이리만치 뚱뚱한 체구와 어울리지 않을 정도로 서진풍의 움직임은 빨랐다.

물론 눈으로 쫓기 힘들 정도의 극쾌는 아니었다.

그렇지만 서진풍의 움직임은 간결하고 정확했다.

최소한의 움직임만으로 자신을 향해 쏟아지고 있던 공격을 피해 냈다.

신법의 고수로 추정됨.

그런 서진풍의 움직임을 보며 정성모가 기록해 둔 보고서의 내용을 모용수린이 떠올렸을 때였다.

서진풍이 수세에서 공세로 전환했다.

퍽!

권각을 날린 것은 아니었다.

서진풍이 펼친 공격은 어깨로 여건욱을 민 것뿐이었다.

이미 대비하고 있던 여건욱은 양팔을 교차해서 그 공격을 막아 냈다.

그렇게 공격은 무위로 돌아갈 것처럼 보였는데, 모용수린의 예상은 빗나갔다.

주르륵!

미리 준비하고 제대로 방어하고 있었음에도 불구하고, 여건욱의 신형은 속절없이 뒤로 밀려났다.

"크흑!"

신음성을 흘리던 여건욱이 입에서 검붉은 선혈을 토해냈다.

상식을 벗어난 서진풍의 움직임에 충격을 받은 걸까?

홍대용과 팽문호가 공격을 잠시 멈춘 사이, 모용수린이 서둘러 대결이 펼쳐지고 있는 가운데로 끼어들었다.

"모용 소저!"

놀란 표정을 지은 체 바라보고 있는 홍대용에게 모용수린이 물었다.

"여긴 무슨 일로 찾아온 거예요?"

"모용 소저야말로 여길 어떻게……?"

"어서 대답이나 해요. 대체 왜 서 소협을 공격한 거죠?"

홍대용을 비롯한 용봉단원들이 서진풍을 공격했다는 사실로 인해 잔뜩 화가 났다.

그래서 딱딱하게 굳어진 목소리로 묻자, 홍대용이 재빨리 대답했다.

"우리 임무를 방해했기 때문이오."

"서 소협이 임무를 방해했다고요?"

"그렇소. 색마 선대수를 처단하기 위해 찾아왔는데 저자가 우릴 막았소. 그래서 공격을 했던 것이었소."

"그러니까 서 소협이 색마 선대수를 비호했다는 건가요?"

"맞소."

홍대용이 고개를 끄덕이는 것을 확인한 순간, 모용수린

의 눈앞이 아득해졌다.

색마 선대수는 무림공적!

그런 선대수를 서진풍이 도왔다는 것은 공격의 이유로 충분했다.

'대체…… 왜?'

모용수린이 아득해지려는 정신을 억지로 부여잡으며 천천히 고개를 돌렸다.

그리고 담담한 표정을 짓고 있는 서진풍을 복잡한 감정이 담긴 시선으로 바라보았다.

"서 소협!"

"……말해요."

"사실인가요?"

아니라고 대답하기를 바랐다.

뭔가 오해가 있었을 뿐이라고 변명하기를 원했다.

그러나 서진풍은 변명을 꺼내는 대신 고개를 끄덕였다.

"왜요? 대체 왜 그랬어요? 색마 선대수는 악인 중의 악인이에요. 그런 자를 대체 왜 서 소협이 도운……?"

"그는 누명을 썼어요."

"그럴 리가 없어요."

"그리고 그는 내 동료예요."

모용수린이 피가 날 정도로 입술을 질끈 깨물었다.

서진풍은 다른 사람도 아닌 색마 선대수를 비호하기 위해 나선 것이었다.

그리고 모용수린에게는 다른 선택의 여지가 없었다.

스르릉.

모용수린이 검을 빼 들었다.

그리고 서진풍을 향해 검을 겨눈 채 말했다.

"미안해요."

〈『귀환당룡』 제4권에서 계속〉

1판 1쇄 찍음 2014년 6월 2일
1판 1쇄 펴냄 2014년 6월 5일

지은이 | 서유락
펴낸이 | 정 필
펴낸곳 | 도서출판 **뿔미디어**

편집장 | 이재권
기획 · 편집 | 윤영상

출판등록 | 2002년 9월 11일 (제1081-1-132호)
주소 | 경기도 부천시 원미구 상동로 117번길 49(상동) 503호 (우)420-861
전화 | 032)651-6513 / 팩스 032)651-6094
E-mail | bbulmedia@hanmail.net
홈페이지 | http://bbulmedia.com

값 8,000원

ISBN 979-11-315-1981-3 04810
ISBN 979-11-7003-297-7 04810 (세트)

※파본은 구입하신 서점에서 교환하여 드립니다.

www.bbulmedia.com

www.bbulmedia.com